大是文化 89년생 N잡러 김경희의 비낭만적 밥벌이

[illegible]我
為什麼要工作

「喜歡的工作」和「喜歡工作」怎麼達成共識，
年薪 4 年翻 2 倍。

89 年生的自營書店老闆、作家、講師、
職涯規畫師、韓國最強斜槓青年

金景熹 ◎著　林侑毅 ◎譯

目錄

第三章 不想被工作甩掉的應變之道 165

推薦序一

當收入不足以撐起夢想時，要怎麼被看見

《職來直往 Miss 莫莉》／Miss 莫莉

作者的職涯歷程與我有些相似，我當過上班族、作家、講師，現在又重回職場尋找下一個可能，我不安於現狀，總覺得自己可以多元嘗試。

我好像很幸運，可以做自己喜歡的工作。第一次出書就被知名出版社相中，去年體會了半年的全職作家生涯，從前公司離職後，給自己一個空檔年（Gap year），冷靜思考去路，卻沒想過會從外商高薪上班族掉落了凡間。

雖不是顛沛流離，但那令我深深體會到，當作家的收入是不足以支撐生活開銷的。看著有相同心路歷程的作者分享詼諧的小故事，我很佩服她願意坦然說出作家、講師不為人知的一面。

本書不談什麼大道理，而是作者分享她邁向斜槓之路會遇到的挫折與辛酸，這些小故事，是我三十歲前半場，就想跟青年朋友說的話。做自己喜歡的事，是需要付出代價的，經營社群也會遇到黑粉、品牌老化的問題，要不斷持續產出、精進自己，才能於自己的領域，鞏固影響力和江湖地位。

寫作之路雖辛苦，卻也讓我在職業倦怠時，活出了新的身分。尋找自己的天職，需要過人的勇氣不斷嘗試，也唯有不斷累積經驗，才能在業界有能見度。

我時常於大學講授職涯規畫，卻聽到許多學生說不知道自己未來要做些什麼，或是有滔天大夢，想要一畢業就成為自由工作者等。而本書將自由工作者會面臨的挑戰，寫得非常到位，作者也大方分享在職場很容易遇到職業倦怠，甚至出現想裸辭的念頭，讓我們參考。

作者更勇於點醒大家，不同身分的轉換，都要用雇主思維工作，這跟我時常告訴學生的話不謀而合，就是：「無論在哪工作，都要有創業精神。」

也期許大家，哪怕是斜槓之路，仍然需給自己兩到三年深耕，我依舊鼓勵大家應該有工作組合，培養多元的興趣，活出精彩的人生，成長是沒有代價的，而是要為夢想心甘情願的辛苦，這才是工作正確的態度。

我很少抱怨工作很累，因為**我知道自己要的是什麼，我就會想想自己十年後想成為什麼樣的人，回推每天自己應該付諸什麼努力。**

本書特別適合沒有夢想的人，應該如何邊走邊想，釐清自己未來的求職之路，需要打什麼怪，更適合想經營個人品牌或是有出書夢的你，提前設想走作家之路，要用何種心態面對，當收入不足以撐起夢想時，要怎麼堅強的一邊創作，一邊等待被看見的機會。

我們都是普通人，沒有什麼富爸爸、富媽媽，但也別失去追求夢想的勇氣，更可以靠著成長心態活出新的職涯高度，但願看這本書的你，帶著滿滿的成長心態，去認清職場現實、書市低迷的真相。

此外，也不要忘記帶著不屈不撓的心情，感謝那個不放棄的自己，不久之後你就會有一雙大翅膀，飛向天際翱翔。

推薦序二
為何要工作？沒有正確答案

《人生不是單選題》作者／少女凱倫

提到為什麼要工作，我想有部分的人會嘆口氣，也有部分的人充滿鬥志，人生在世，不工作似乎不行，但工作是為了什麼呢？

工業時代將「工作區塊化」，有了上班八小時、上下班打卡的固化工作模式，而這樣的安排卻違反了人性，導致後代的人認為工作只有一種型態，脫離固定時間的上班，似乎就是與社會離經叛道，但說到底為何人們要工作？是為了錢還是為了追逐理想？

《如果問我為什麼要工作》的作者與我的想法及背景相似，都是熱愛寫作，想法也天馬行空，我們常常自我懷疑，卻又能在行動過程中，理解每一件事情都有其意義。而書中，作者透過三十一個親身體驗的小故事，帶領你進入她的思考與世界。

關於為何要工作這個問題，我的想法是，在工作中總是追求著熱情、熱愛的事情，頻頻更換工作，創業項目也會隨之轉移，不太有耐心，更不太像大多數人，對自己的職場有升遷規畫與長遠的謀略。

像是某工程師朋友曾與我提過，在工程師這行業，如果四十五歲了，卻還做非主管職，就會遭到淘汰。他認為工程師的薪水高，只是提早把未來的錢先賺到手，並非可以長遠靠薪水謀生，深知這一點的他，提早買房、生子、置產、買股票，人生過得井然有序。

另一類的朋友，對於職場升遷有聰明技巧，像是在海外工作的頭銜是「總監」，但對應到臺灣職位可能僅是部門主管或資深工作者，卻能因響亮的頭銜，在海外換到更好的大企業，聰明的思考與做法，省去不少努力。

也有人聽命行事，在同一個職位、同一家公司深耕，十多年來從沒換過工作，因而失去轉換職場的自信，認為工作只有乖乖聽話就好。相較新型態工作者，以接案、個人創業維生，或者遠端工作、打破一天工作八小時的藩籬，追求一天只工作四小時，更在乎自己的「理想生活」，數位能力超越許多專業職場人士，為自己找到定位。

說到底，為什麼要工作的命題，反而可以回歸到，人為什麼而存在？工作、生活都有多樣型態，你是否能夠找到自己的生存定位，並且好好照顧自己，笑看人生，才能回答「為何要工作」這道永遠沒有正確答案的問題。

前言

如果你問我為什麼要工作？

當年，二十三歲的我，在畢業前夕狂寫履歷表。或許有人會想：「從國小、國中到大學，一路專心讀書到現在，該先好好玩一下再工作。」但是我當時只想著快點走出學校，趕緊踏進社會。

這是理所當然的啊，我又不是想鑽研學問才上大學。對我來說，大學畢業證書更像是一個找工作的工具。

那天，我一如往常的在學校圖書館瀏覽求才訊息，遇見了富二代朋友。就是那種父母經營相當龐大的事業，他畢業後就直接在父母的公司工作。

他看見我電腦螢幕上顯示的求才訊息，還有電腦旁用鉛筆畫得亂七八糟的履歷表和自我介紹，不禁問：

「妳為什麼要工作？」

「喂！你問這問題是瘋了喔？不工作不然是要玩樂喔？」

「我想先玩六個月再工作。」富二代朋友這樣回我。

我想我沒辦法再跟這個人聊下去了，居然問我為什麼要工作？工作不是理所當然的嗎？朋友的問題，就像在問我：「妳為什麼要吃飯？」當然是肚子餓才吃啊。我從沒想過自己為什麼要吃飯。

從學校畢業，開始進入職場後，我從沒想過朝寫書、賣書方面發展，如今我卻過著這樣的生活。相較於過去，現在的我認識更多年齡層的朋友，也多了更多機會認識我沒接觸過的各行業人士。

初次見面的時候，我不會說：「您好，我是金景熹。我喜歡鳳梨也喜歡閱讀。最近對理財很感興趣。」除了聯誼的場合，我幾乎不曾這樣自我介紹。其實就算是聯誼，在互相介紹姓名後，通常會問對方：「您是做什麼的？」似乎除了工作之外，就沒辦法說明我是誰，所以我會這樣用工作介紹自己：「您好，我是金景熹。我開一間書店，也出了幾本書。」

工作成了我的頭銜。雖說如此，我也沒有賦予工作多偉大的意義。什麼**自我實現？社會貢獻？才不是，我不過就是混口飯吃而已。**我的工作又不是拯救地球，或是拯救生命，**我沒有遠大的使命感，只是靠一己之力為自己負責，維持自己的生計而已。**

有時在路上會看見為了買彩券而大排長龍的人群，看見店家貼出「開出八次頭獎、四十八次貳獎」的布條，許多人也跟著排進隊伍裡，一邊想像：「要是我中頭獎的話，要立刻辭掉工作，自由自在遊山玩水！」、「要買房子嗎？」、「夠吃喝玩樂一輩子嗎？」、「我大概還有五十年要活，一直玩會不會煩啊？」、「看來還是要工作才可以吧？」、「等等！長這麼大，我還沒享受過不必為錢煩惱的日子！那我真的懂得玩樂嗎？」各種想法接二連三出現。

唉，不管了！反正一百億韓元[1]要先進戶頭，我才會知道啊。如果有了一百億，還願意繼續工作，代表工作對我來說，已經超越維持生計的意義。

要到那種程度，才能說「我工作是為了自我實現」吧？還可以接著說：「所有人類都必須工作，才能維持規律的生活。出版產業雖然是夕陽產業，不過書籍的特性帶給人類的意義……。」

到目前為止，我從沒懷疑過人生就是為了餬口才工作。之所以沒有認真思考為什麼要工作，原因在於工作和維持生計之間，有著密不可分的關係，**透過工作學會為自己的人生負起責任後，我們行有餘力，才能再去思考如何幫助我們所愛的人。**

如果有人問我為什麼要工作，我也只能笑笑的，心裡還會想起那個富二代朋友。我是為了餬口才工作，但是下星期也可能是為了自我實現而工作。

下班路上，我排進財神眷顧的彩券行隊伍裡，買了張彩券。要是運氣好的話，之後的事情也說不定。

1 依二〇二二年三月初匯率計算，一韓元約等於新臺幣〇．〇二二元。

第一章

至少，先填飽肚子再說

01 拿到符合我勞動價值的報酬

您好，我是○○公司的某某某。敝公司正準備一項企劃，不知道您能不能幫我們寫二十頁左右的稿子，期限是下個星期。

天啊，這是怎麼一回事？我只是喜歡寫寫東西，然後又出了幾本書，竟然有人委託我寫稿！我懷著興奮的心情，立刻答應了工作委託邀請。對方給的期限是五天，雖然我還要調查資料、整理內容、寫稿、推敲文字，五天的時間有些急迫，不過那都是之後的問題了。

下班後的晚上十點，我一邊喝著咖啡，一邊反覆寫稿、潤稿，終於在截稿前一天交出稿子了，呼！

誰知道之後委託的工作，都是非常緊急的案子，一星期還算客氣的，更多的是，要求三天內迅速寫出一篇文章。這使我興奮的心情逐漸退去，轉而浮現了這樣的想法：「為什麼都不早說啊？」

接著，我心中的福爾摩斯．景熹跳了出來。「每次都處理那麼緊急的案子，會不會我一直是備胎？他們一直被別人拒絕，到最後才選擇了我吧？」想到這裡，我決定立下一個原則：再也不要接急件了。

或許他們都有我不知道的內情吧。但是我覺得有些疙瘩，也不希望自己平常的生活節奏被打亂。如果能拿到優渥的報酬，我還能安慰自己：「急件算什麼，這完全就是為我量身打造的工作！」不過現實是報酬不優。

有過幾次經驗後，我決定只要這工作不符合樂趣、意義、金錢三個條件之一，我就不做。我也只考慮至少截稿前兩週聯絡我的工作。

您好，我是○○公司的某某某。我們公司目前從事○○方面的業務，這次正在準備一個超大型的活動，地點在○○，時間是○○，活動主題是○○。

這次一起進行的來賓有○○，時間是○○。如果您可以參加，再請您來信告知喔。

冗長的信件內容和附件，介紹了公司情況和活動內容。一切都很詳細，不過**漏了一點，那就是報酬**。舉辦活動的單位、活動主題固然重要，但是酬勞比這更重要。

每次收到只漏掉酬勞的邀約信，我總要長嘆一口氣。因為不知道對方願意支付多少報酬，來回報我所付出的勞力，我只能瞎子摸象，憑空臆測：「這場活動適合我嗎？」、「我可以準備得好嗎？」、「這行程OK嗎？」

唉……想這些也沒用，又不知道我付出勞力的代價有多少，一個人整天煩惱這些有什麼用。我打開筆電，回信給對方：「感謝您的邀約。只是當天我有其他安排，恐怕無法參加。祝您活動一切順利。」

有些公司則會在邀約信中，明確寫出演講費或稿費，甚至是支付日期，以後我只和這些公司合作就好。或許有人會想：「妳怎麼開口閉口都是錢？」但是來信邀約工作，卻又不談報酬，**我讀到的訊息就是對方不重視我的時間和勞動的價值**，所以我拒絕和這些公司合作。

喂，您好，請問是金景熹作家嗎？來電想跟您談談〇〇。請問您現在方便通話嗎？

「咦？委託方怎麼會知道我的電話？講電話不太好吧？」雖然腦海閃過這樣的想法，不過既然對方提出邀約，我還是抱持寬容的心，和氣的繼續談下去。對方簡單的提了自我介紹和目前正推動的企劃，可是內容並不具體。

於是我告訴對方：「請您將相關訊息寄給我，我確認過後再回覆您。」結果電話那頭傳來「啊，好」的聲音，語氣顯得有些失落。不是「啊！好的」，而是「啊～好吧」。

結束這通莫名其妙的電話後，我繼續投入工作，這時電話又響了：

「啊，我比較習慣講電話。」

我本想回嗆對方：「欸，可是我不習慣講電話耶。就算打電話來，你也講不清楚要做什麼，而且這件事還沒定案，我沒有什麼可說的啊！」

但做人不能這麼直白，我只能回覆對方：「我正在工作，沒辦法一直接電話。請您將相關內容整理好後寄給我，我下午五點前會回覆您的。」但最後，信根本沒寄來。我接電話、傳簡訊、回應對方的時間，都白白浪費了。

沒辦法用文件或文字傳達的工作，代表對方還沒釐清該做什麼、怎麼做，我會直接跳過這些工作邀約。不過，如果事先將整理好的內容寄給我，那麼之後隨時都可以用電話談。

過去有一段時間，我只是傻傻接案，連可以收到多少錢、什麼時候會收到都不知道，因為那時不太敢直接談價格。直到過了好一陣子，確認帳戶金額後，才知道「喔，原來是這個數字」。畢竟拿人手短，只能迎合發案的客戶，照客戶的要求完成。

但是我逐漸意識到一點，「工作的主體必須是我」。對我而言，工作是我為了生活的一種賺錢手段，我理應拿到符合我勞動價值的報酬。

＊＊

出社會第八年，我從上班族到自己開店，再從自己開店到自由工作者，最後從自由工作者轉為身兼打工族和自由工作者。分析這一路走來累積的數據，我得出以下三個工作時最重要的原則，分別是工作的具體內容、合理的截止期限，還有報酬。

因為我太了解這些原則的重要性，所以當我偶爾成為邀約工作的發案方時，一定會在信裡寫清楚工作的內容和截止時間、報酬。因為那比工作的意義、樂趣或其他事情來得重要。

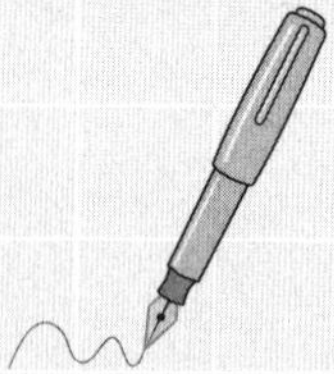

工作是為了生活的一種賺錢手段，我理應拿到符合我勞動價值的報酬。

02

有工作，就能搭奢侈的計程車

某天，YouTube奇妙的演算法，使推薦影片欄出現一堆「激發動機」的主題，標題都非常勵志。例如：「沒有任何人能代替你活出你的人生」、「別耍小聰明了，立刻從床上起來吧」、「別再空想了，做就對了」，光看標題，就讓人精神為之一振。

我立刻點開影片來看，當然，我還是躺在床上，這是收看YouTube的必備姿勢。一旦開始收看某種影片，相關主題影片就會源源不絕推薦給你，加上這些影片長度只有三到四分鐘，一次連看十部也沒問題。

看完後，我並沒有立刻從床上起來，只是下定決心：「好，我決定了！

明天要提早起床，無論如何都要試看看。明天的金景熹一定辦得到的，加油！」接著倒頭睡去。

翌日，昨天金景熹口中的「明天的金景熹」，悄悄關掉早上六點的鬧鐘，繼續睡覺，也沒忘記再下一次決心，「明天要再挑戰一次！」兩個小時後，我勉強起床準備上班，順手帶上當天晚上在圖書館演講要用的ＵＳＢ。

＊＊

晚上早早結束書店工作，我來到了圖書館，和一一入座的聽眾簡單打過招呼後，開始演講，我用一個半小時的時間講完準備的內容，接著進入提問時間。聽眾的問題大同小異。

「您賣書賺的錢多嗎？」

「賺的錢不多。」

「您賣最好的是哪本書呢？」

「我也不知道具體賣了幾本。只是第一本書的版權賣到海外，拿到的版稅最多。」

「如果想出一本書，要寫多少字才可以呢？」

「想出書的話，差不多要寫四百到六百張稿紙吧。當然每本書的情況不一樣。總之先寫再說吧。」

「如果還有問題，歡迎隨時發問。」我正想結束今天課程的瞬間，坐在最前面的一位聽眾小心翼翼的舉起了手。

「今天的課程非常精彩。不過您在書店工作，還一邊寫書，您是怎麼激發動機的呢？我的夢想是一邊經營書店，一邊寫作。想跟您討教一下。」

咦，這是怎麼回事啊？YouTube的演算法竟然和真實世界連接在一起了，那一瞬間，我真不知道該如何回答。要說昨天晚上在YouTube上面看到的內容嗎？不對，那還是說我看了十部有關激發動機的YouTube影片呢？這好像也不對。

我還在思考，總該說些什麼才對，而且既然要說，還是說些有希望的回答。雖然靠寫字賣書維生，並不是那麼容易的事，不過我不希望用自己的經**驗來概括別人的夢想，讓別人在追逐夢想前就感到挫折**。

「我認為我的動機，是來自各種小小的肯定。有些人看到我的著作或發在社群網站上的文字，會對我說『真有趣，很有共鳴』，這讓我很開心。書店的工作也是，如果有人說『那是我最喜歡的書店，請一直經營下去』，就能給我力量。

「所以我持續寫作，讓許多人可以看到我寫的東西。您可以定期上傳文章到公開的社群網站，例如IG或部落格、創作平臺brunch等。假設以後開了書店，和顧客持續溝通也很重要。用這種方法激發動機也不錯喔。」

回答完最後一個提問，我看了一下手錶，比預定的時間晚了一點，我還來不及驗證這個答案是否令人滿意，便收拾好背包，趕緊走出圖書館。

從圖書館到地鐵站，得搭公車過去才行，不過圖書館和公車站有一段距離。我實在不想深夜走在陌生的街道上，加上也累了，便沒有多想，直接叫了計程車。由於地處偏遠，好不容易預約成功的計程車，發訊息來說十分鐘後抵達。

等計程車時，我下意識翻看手機，想看看有無有趣的影片，就點進了YouTube，激發動機的影片立刻跳了出來。這時，我腦海閃過剛剛課程時，最後一個提問和回答：「我的回答是真心的嗎？早知道還是跟聽眾說我會好好想想，之後再聯絡才對吧？既然這樣，那真正激發我的動機是什麼？」

想法逐漸膨脹，卻沒有一針見血的答案。計程車正好在此時出現，我坐進後座裡。漆黑的夜晚，我在前往最近地鐵站的路上，看著列隊疾駛而過的公車，忽然靈光乍現。

「原來，計程車是激發我的動機。」

對我而言，搭計程車曾是奢侈的。而搭公車雖得花點時間，不過只要花兩千韓元的公車費，就能到任何地方，就連短程客運再怎麼貴，也只需要兩千五百韓元。只有沒搭到地鐵或公車的末班車時，我才不得已改搭計程車。

但自從收入穩定，偶爾還得犧牲假日做接案的工作後，計程車對我不再是一種奢侈了，因為只要多花一點錢，就能賺取時間，身體也輕鬆自在，算是一筆划算的支出。除了公車和地鐵，我又多了一個「計程車」的選項。

是的，**激發我的動機，就是我又為我的人生增加了選項**。只要想到總有一天我買車，然後開著它拓展活動範圍，這樣就會促使自己更努力工作。光是用想的，就令人激動。握著方向盤，就能到達任何一個我想去的地方，這種生活真棒！

就算遇到了不想做的工作，也會自我鼓勵：「哪有解決不了的事？快點做吧！」**激發我們動機的，終究是金錢！不過，金錢不是一切。別人的認同和加油、個人成就感也確實涵蓋其中，但是坦白說，金錢所占據的比重，的確比其他條件來的大**。因為增加人生選項，終究還是和金錢息息相關。

「已經到了。」聽見司機的聲音，我付了六千韓元後下車，刷過交通卡，搭上地鐵後，習慣性的抓起手機，點進YouTube裡，對那些激發動機的影片按下「不感興趣」，接著開始搜尋「理財」。

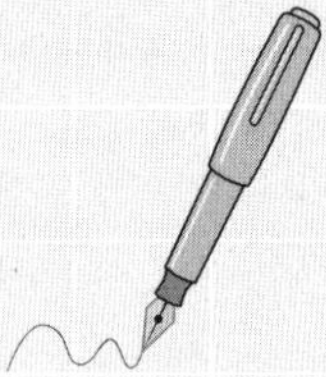

激發我們動機的，
終究是金錢！

03

不想赴約，就用「最近很忙，沒空」當藉口

「我最近很忙，可能沒辦法。」

儘管沒有忙碌的事情，我還是常用工作當藉口拒絕朋友聚會。再說聚會可以聊的話題，不是過去的回憶，就是彼此難以理解的各自的日常生活，明明坐在同一張桌子上聊著天，我心裡卻想著其他事情。

有時會想：「早知道就拿聚會的時間來多寫點字、多做點工作。」後悔好幾次後，我決定以工作忙碌當藉口，拒絕朋友聚會。

和某個人見面，不只是吃頓飯、喝杯咖啡，兩、三個小時就結束這麼簡

單，還得算進出門前的準備時間，加上路程中花費的時間和精力。因此，我重新整理了自己的人際關係，選擇了那些我願意花費自己時間和精力往來的人。我盡可能不讓自己待在不自在的場合，勉強擠出微笑，附和對方，延續彼此價值觀不同的對話。

我近幾年的工作量確實嚴重超載，再加上其他朋友的工作時程是平日上班，週末休息，而我週末反而要做更多事。隨著彼此走向不同的生活方式，聚會變得越加困難。「星期六不行。下星期日嗎？那天也不行。」真的沒有時間。

＊＊

當工作在生命中的價值日益增加，必須有效利用有限時間的壓力也越來越大，想做的事很多，也想在這些事情中做出好的成果。欲望越來越龐大，而內心的餘暇日漸減少，我在與朋友見面和工作的權衡中來回拔河，對工作較為心動的我，還是選擇了工作。

「我最近很忙，可能沒辦法。」這句話是個不錯的藉口。「是嗎？那也沒辦法啦。」不必字字句句說明清楚，對方也會體諒我，不至於太失落。不久前還說「一定要見個面」、「一定要吃頓飯」，積極邀約的人，聽到「工作很忙」的回答，也會立刻接受，不再細細追問。

人們如此理所當然的接受「忙」的藉口，那麼工作之於我們，究竟是什麼？我們還真是對工作狂熱啊！

隨著年紀增長，自然而然以工作為重心建立人際關係。不必冗長的說明，這些人都能理解我在做的事情，而我也能和他們分享類似的煩惱。和他們在通訊軟體上打過招呼後，下一句立刻就是「那麼星期二在合井站見」。

儘管我總是講求效率，假裝自己很忙，不過我也隱隱擔心這樣下去，朋友會不會全部跑光光。

一位從事自由工作者十年的朋友告訴我：

「放下煩惱吧。」

「有時候還是工作優先。我曾經兩年沒跟朋友見面，被他們罵到臭頭。

妳就當作是這樣的階段，看開一點吧。人際關係不也是生物本能嗎？因為工作重新建立關係的朋友、在工作中認識的朋友，也都是朋友呀。」

雖然和老朋友沒什麼話好說，經常用工作忙當藉口，但是總有一天，會再出現我們可以一起分享的事情吧？

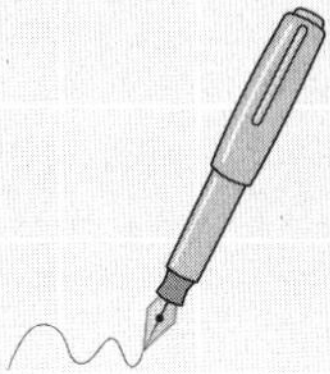

我重新整理了人際關係，
選擇了我願意花時間
和精力往來的人。

04 曾夢想當CEO，現在只求飯碗安穩

那天，一如往常從媽媽那裡拿到一張一萬韓元的紙鈔[2]。我胡亂塞進口袋裡，出發去書店。十三歲的我，文靜又怕生，稱得上朋友的人沒幾個。所以不用去補習班的日子，我都會去書店。

我走進位於地下一樓的書局，有兒童區、漫畫區、商業理財區等區域，我遊走在書店的各個角落，一邊翻閱書籍，最後手裡拿了一本書，名為《人們用成功來形容我》[3]。封面上的成年女性燙著一頭鬈髮，非常吸引人。我毫不猶豫的買了下來。

我回到家後，從頭到尾一口氣讀完。內容講述一位出生於韓國的女子，

前往美國，經歷了各種挫折與危機，仍沒有停下腳步，最終戰勝一切的故事。其中最令我感到震驚的是，這名韓國女子成為美國人的老闆，且住在豪宅中生活。

讀完那本書，我從此愛上別人的生命，正確來說，是看到別人的成功後，我的夢想便是成為一名CEO。雖然連要做什麼事情才能成為CEO，都沒有具體的規畫；別人如果問我CEO是什麼意思，我也答不上來。從那之後，我逛書店再也不去兒童區、漫畫區附近了，只肯待在塞滿商業理財類書籍的區域，閱讀成功女性所寫的故事。

「因為小時候喜歡閱讀商業理財類書籍，使我成為了韓國最年輕的CEO，二十歲就住在江南盤浦洞三十二坪的Xi公寓大樓[4]。目前手下有三十位員工。」雖然很想這麼自我介紹，不過，我後來仍只是個閱讀商業理

2 譯註：韓國紙鈔面額有五萬元、一萬元、五千元、一千元。
3 譯註：作者為現任美國 Lighthouse 企業總裁 Tae Yun Kim。
4 譯註：由韓國 GS 建設推出的建案名稱。

財書的平凡學生。

為什麼我沒能像美國小朋友那樣，在自家門前賣檸檬水，或是到鄰居庭院清掃到處堆滿的落葉和雪，賺點零用錢呢？其實沒什麼好自責的。身為韓國青少年的我，眼前只有學習評量、期中考和期末考，我所能選擇的只有「讀書」，而不是「工作」。當然，讀書也讀得不怎麼樣。

曾夢想成功的十三歲小孩，後來長成了不奢求CEO和豪宅，只求就業就好的二十四歲青年。在這個徵求新進員工，卻優先選用至少有一年以上工作經驗職員的現實下，經過接二連三的書審落選和幾次面試後，我終於成功就業了。有這樣的成功我就滿足了。

* *

踏入職場後，每天想的都是：「賺錢怎麼這麼難啊！」起初學習業務、熟悉業務時，還懵懵懂懂的，**直到我開始為自己分配到的工作負責，才徹底了解工作賺錢的辛苦。**

每次看著電腦螢幕，難過得捶心肝時，心裡便浮現出小時候媽媽下班回家，坐在餐桌邊喝燒酒的樣子，還有爸爸在過去韓國金融危機期間失業，整整一個月坐在客廳角落，翻看報紙的樣子。

我想起了父母，他們在戰後嬰兒潮期間出生，為了子女犧牲自己所有的時間和金錢，他們的生命中沒有像樣的興趣，也沒有好好出去旅行過一次。我終於了解父母為什麼有空就躺下來，總是一臉疲倦，也能體會他們整天在外面工作，回到家什麼事都不想做的心情。

所以對於「工作歸工作，家庭歸家庭」的說法，我覺得就像烏托邦一樣不切實際。因為我親眼看著他們兩人為了善盡父母的本分，用盡所有時間和工作對抗，才勉強生活下來，從沒能活出自己的人生。

「工作歸工作，
家庭歸家庭」的說法，
就像烏托邦不切實際。

05 工作是工作，我是我，可能嗎？

對我而言，工作不只是解決生存問題，也是證明我存在感的方式。從小希望得到父母的認同，成長過程中希望得到老師和朋友的認同，而這個認同需求在成人後，又轉向了工作。**我獲得的成就越大，自我越強大；成就越小，自我也跟著式微。**

經營書店一段時間，我的注意力都放在每天的銷售量上。這種心思也延續到沒有開店做生意的日子，一有空閒，我總會進入書店網站，檢查線上訂購的件數。啊，可是這不只是影響檢查當下短暫的心情而已，書店銷售量下跌，我的自尊感也跟著降低，心想：「是我的經營出了問題嗎？應該再多做點什麼才對吧。為什麼我沒有更努力經營呢？」

幾年後，我知道就算昨天的銷售量和今天的銷售量不同，月銷售額還是會趨於平均。儘管如此，我還是像拿到考試成績單的學生一樣，拿到每日銷售成績單的時候，難以平復焦慮的心情。

豈止如此，有時明明已經很謹慎的處理業務了，還是會出現錯字、漏了一個或多打一個數字，這種時候最讓人頭痛。「這個地方寫錯了，請修正。」收到這種業務反饋時，我總覺得是針對我個人的指責。我心裡想的不是「我寫錯了啊，趕快來改一下」，而是責備自己：「我怎麼會這樣？」

這些想法最後變成交錯複雜的麻花捲。「又不是天大的錯誤，我幹嘛這樣啊？」是啊，我為什麼要這樣啊？對方只是在做自己分內工作而已呀。唉，未生[5]金景熹什麼時候才懂得把情況和情緒分開啊？

＊＊

寫作也一樣。竭盡全力在截稿日前完成稿子、和編輯合作反覆修改稿子、在書籍出版後努力宣傳，這些都是我該負責的，在這之後，就沒有我的事了，這本書已經與我無關，我只能祈禱這本書受到更多人的青睞。

對於之後的成果，我也只能虛心接受。如果這本書能觸動許多人，我只需要享受這份快樂和版稅；如果沒能觸動太多人，也只要淡然處之就好。可是淡然處之哪有這麼容易，要是書賣得不如預期，或是連第一刷都賣不完，我總會想：「早知道一開始就不要寫了。是這本書內容不怎麼樣嗎？為什麼我只寫得到這種程度？」像這樣把成果和我視為一體。

收到委託案件，我也是一樣的態度。當電話邀約和信件邀約源源不絕時，我常想：「這麼多好機會上門啊。看來我表現得還不錯？」整個人精神抖擻；可是沒有委託邀約，或是信箱裡只有廣告信時，我又變得退縮，抓著頭想：「看來現在沒人要找我了。大概是我太不認真工作了吧。早知道就多用心經營社群媒體了。」

5 原為圍棋術語。圍棋講求布局後一舉吃掉對方，而黑白兩軍的棋子在吃掉對方、未被對方吃掉前，都是尚未存活的「未生」；贏的一方才是完全活下來的「完生」。後來，在韓國因同名電視劇大紅，成了韓國時下最流行的熱門關鍵字。比喻社會新鮮人在職場上的處境，生澀的菜鳥歷經磨練，學習在辦公室政治中求生存，一步步走向完生。

其實新冠疫情導致演講和線下活動全部暫停，這也是理所當然的。有關工作的任何事情，我都歸咎於「自己」的問題，已經到了走火入魔的地步。無論吃飯、看書，還是躺在床上準備入睡，我都被工作帶來的情緒淹沒，導致一整天的時間都被工作塞滿。因為不懂得區分工作和個人時間，從某一刻開始，我就被工作牽著走了。

銷售量不好，只要想：「該多做些什麼比較好？」在工作上收到「錯誤」的反饋，只要堅定自己的決心：「我做錯了呀？下次要再謹慎一點才行。」書賣得好，只要告訴自己：「這也是有可能的吧？下一本書也會賣得不錯吧？」為下一次的機會做好準備；沒有委託案件，只要當作是景氣不好，多充實自己就好。

話是這麼說，可是做起來並不容易，要是那麼容易，我早就那樣做了，再說「昨天的我」和「今天的我」，也不可能忽然變成完全不同的人啊，雖然寫得落落長，叫自己別那樣想，可是以後還是會那麼想吧。等到工作滿十年，情況會有所改善吧？

等到工作滿十年後，
我會懂得把工作情緒
和我的情緒分開吧！

06 我想對八年前的自己說

書店裡的客人年齡層大不相同。從即將面臨大學入學考試的高中生，到家有高中生子女的四、五十歲家長都有。由於我們書店會定期舉辦讀書會或寫作聚會，加上每週都會見面，逐漸和這些成員們熟識，也會分享彼此日常生活中的煩惱。

為了找工作，努力寫履歷和參加面試的Ａ，某天興奮的帶著一整袋橘子來找我，告訴我他終於求職成功。然而滿心期待開始工作的Ａ，悄悄問了我一個問題：

「如果回到社會新鮮人那段歲月，妳最想做什麼呢？找到工作雖然開心，但是我也煩惱該怎麼度過這段時間，以後才不會後悔。」

「社會新鮮人啊……我是怎麼度過那段時間的呢？」

一開始找到工作，忙著適應公司，直到有了空閒，我便開始準備多益。原以為找到工作就沒事了，然而工作才是第二場人生的開始。想要多賺一點錢，追求更好的生活環境，就必須擁有相當的能力。

＊＊

下午六點。「我要回去了喔，再見！」我趕著下班，急急忙忙搭上地鐵，抵達英文補習班，喘著氣走進狹小的教室，裡面的位置已經坐滿。我看見一個放著背包的位置，朝隔壁的人問了聲：「我可以坐這裡嗎？」隨後趕緊取出自己背包裡的一疊講義。

我張大眼睛瀏覽講義上密密麻麻的英文單字，接著開始單字考試。之後，老師讓我們和旁邊的人交換改考卷，看著旁邊同學桌上的教科書，我知道對方是大學生。我以為畢業後，不會再有讓人厭煩的考試，沒想到成為上班族後，還是會碰到考試。

話說回來，旁邊這位學生大概是整天都在讀英文，三十個單字全部答對，真厲害。相較之下，身為上班族的我因沒有時間準備，所以考試卷上面總是滿江紅，但我也不會太難過，因為忙著工作嘛。總之我心情不受影響，看著臺上老師講解上個月多益出題的方向，趕緊練習解題，黑板上的作業也仔細抄了下來。

每到午休時間，我會到附近的麥當勞迅速解決午餐，再來背英文單字。為了避免因公司加班延誤上課時間，上班時間我總是拚死命完成工作，再去補習班補習。

在那段忙於工作和充實自我的歲月，我壓根兒不感覺辛苦，只覺得「這就是成人的滋味，我是職場女性！」再說多益成績是拯救我的英雄，我相信不久的將來，多益成績會帶我前往更好的公司，讓我領到更多的年薪。

「啊，原來我是那樣走過來的。」

那段時間我認真準備多益考試，還覺得不夠，又報名了英文會話課程。過去的我真的過得很充實啊！好，那麼現在已經工作滿八年的我，能給A什麼樣的建議呢？

如果告訴A一定要好好充實自己，建議他報名英文補習班，好像不怎麼樣。**但如果只想著「跳槽」，卻沒想過要跳去哪裡、自己想做什麼事情、自己擅長什麼，就這樣傻傻的學習，對跳槽也不會有多大的幫助。**

雖然當時學的英文，確實曾派上用場。離開公司後，我和朋友一起去旅行。在飛往東南亞的飛機上，空服員問我：「Chicken or beef?」我信心滿滿的回答：「Chicken, please!」

事到如今，我只能告訴A：「**請努力存錢，也要學習理財**。多出去走走，累積豐富的經驗。」也許這正是現在的我，想對八年前的自己說的話。

說得更直白一點，**乾脆把繳給英文補習班的錢拿來買股票！**不要害怕貸款，趁在公司上班的時候貸款買房子！別學Excel了，學影像編輯！影片以後才是趨勢！

不過，那時候我的選擇是最好的，儘管經過一段時間再回頭看，難免會有許多惋惜。即便如此，唯一不變的是，那時的我和現在的我，都對工作充滿熱忱，都不安於現狀，為了追求更好的生活環境而學習。

話說回來，如果現在的我有機會回到過去，重新開始呢？我會貸款買房子，背下一組樂透彩頭獎號碼，回到過去中頭獎，還要開始玩股票，經營YouTube頻道，展開富豪人生，真令人興奮。

但是仔細想想，還是算了吧。要我重新體驗一次那樣艱難的生活？哎呀，我寧可選擇未來更努力生活。回到過去是能回到哪裡，好好迎接未來的人生吧。暗自天馬行空的想像後，我緩緩告訴A：

「不管是過哪種生活，都會有些許惋惜吧？就照你心裡想的去過吧。」

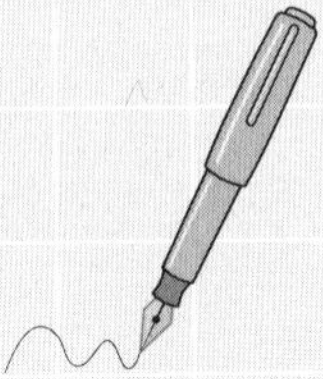

不管是過上哪種生活，
都會感到惋惜？
那就照心裡想的去過。

07 年薪增加兩倍的經驗談

二〇一七年，我進入第三間公司，那是一間位於富川市自由市場附近的小型書店。我原本是老顧客，在觀望一陣子後，決定幫助孤軍奮戰的老闆。

當時我正處於待業期，沒什麼特別的事情要做，有大把的時間，正覺得無聊，聽到老闆提議一起工作，也就順水推舟做下去了。在韓國的青年求職者逼近五十萬人的時代，我就這麼開始了新的工作。

無論如何，既然開始工作了，就要端正自己的心態。過去的上班族金景熹，奉行「拿多少，做多少」的態度，把公司交辦的事情做好就好，不必出頭做無謂的工作。反正公司和我只是契約關係，我用自己的時間交換公司給的薪水，雙方的關係就是這樣結成的。

但是在這間書店，我不希望用那樣的態度工作。這是離職後，一個人孤單生活中，出現的心境轉變嗎？還是看見老闆孤軍奮戰的樣子，令我感到不捨，憐憫之心油然而生？雖然不知道我會做多久，也不知道要做什麼，但是不想計較那麼多了，我決定盡全力一試。

這是我第一次接觸書店工作，所以我付出努力的方法，就是提早三小時上班，先做好我能做的事情而已。把書店各個角落打掃、擦拭乾淨，再把網路訂購的書打包好。

老闆千拜託萬拜託，要我不必做到那種程度，但我還是動用我所有的能力，做完能做的事情。像是照片拍得不漂亮，我就從網路免費圖庫找素材加強；不會用Photoshop，那就用小畫家繪製要放上IG動態消息的宣傳圖。

我從老顧客變成店員，忙著熟悉和適應店內環境，一個月的時間瞬間就過去了。開始這份工作前，我已經知道老闆自己開店，難以再負擔一名員工的人事費用，所以沒有想過要領薪水。

那時我的戶頭裡，已經有一筆過去上班時存下來的錢，只想多少幫老闆一點，等時機成熟，再辭職找第四間公司。然而老闆還是給了我薪水。我推辭說真的不用，要把錢還給他，還向他要了帳號欲匯款，老闆卻說不能給我帳號，還說沒辦法給我更多酬勞，覺得很抱歉。

一想到老闆給了我薪水，自己就拿不到錢，不禁心頭一陣憂傷。一方面也擔心老闆才結婚沒多久，如果沒有收入，該怎麼養家餬口？該是改變我態度的時候了。

「既然這樣，那就賺到兩人份的人事費吧。」

帶著全新的態度上班的我，坐下來告訴老闆：「請吩咐我任何事情，我一定會努力去做的。」但是老闆完全沒有要交代我事情的想法。「我來印出貨單好嗎？還是更新一下網頁？」每次提出建議，老闆只會說「沒關係」。

沒關係就是有關係啊！現在就算兩個人熬夜工作，也賺不到兩人份的人事費，為什麼總是說「沒關係」？經過我仔細觀察，原來老闆從沒有交代別人做事過。因為一直以來都是一個人工作，已經習慣了這個模式，坦白說，他連自己該做什麼都不知道。我的天啊！

如果再這麼坐以待斃，兩個人都會餓死的。我沒辦法繼續等這個不會交代工作的老闆了。如果不交代我工作，那就由我來安排。

「老闆，請教我用一下出貨單程式。現在馬上教我。」

「這些都是老闆你個人的書嗎？現在不看了吧？那我要放到網路上賣，請您用Illustrator做好範本，在五點前寄給我。」

「您正要來書店嗎？拍攝書本照片的時候，背景很重要，請您順路去美術用品店買要當背景的紙。以後請先布置好背景，再拍書宣傳。」

像這樣一一交代老闆工作。如果兩個人都能找到自己該做的事情來做，那是最好的，不過並不容易，要由懂得交代工作的人來分配工作才行。在這裡，沒有什麼雇主和受僱者的角色，對我而言，最重要的是順利推動工作。雖然不多，不過我必須賺到兩個人的人事費，不能讓任何一個人餓死。

我交代老闆各種工作，自己也尋找可以做的事情，就這麼過了一段時間，銷售量竟開始逐漸上升，一旁呼應我們的人也增加了。隨著顧客和粉專追蹤數一點一滴增加，我們終於賺到兩人份的人事費，而原本總是籠罩在低氣壓的老闆，臉上開始出現一絲光芒，也變得愛說笑了。

有一天，老闆竟開心的向客人攀談：「其實景熹才是老闆，呵呵。」客人也接著回答：「早就知道了。」正所謂道高一尺，魔高一丈。

往後的日子，經常有這種無心的玩笑話。然而老闆某天忽然問我進公司的日子，接著開始寫網站上的沿革，他把我進公司的日期放進網站沿革後，冠上「CEO伯樂」的頭銜。

社長說這是他個人獨到的發想，笑得樂不可支，我心想「好吧，要笑就笑吧」。但是不經意看見「CEO伯樂」這句話的時候，總有一股奇妙的感覺。網站上的一句話，讓我從五里書坊[6]「五店員」的角色，一口氣晉升為

「CEO」。我以為只是老闆的玩笑，看到連續幾天都在網站上，我不禁問老闆：「什麼時候要改掉？」老闆回答：「不打算改掉。」

雖然網站造訪的人不多，而且還要特地去找，才能看見網站裡的沿革，不知道會有多少人看見，不過我每看一次，心境也隨之轉變。「CEO啊……CEO……。」我的頭銜改變後，連帶影響了我閱讀的書籍。我原本主要閱讀小說、散文，後來開始轉讀市場行銷、組織、管理、會計類書籍。過去忙著讀那些文采優美的作家寫的書，現在則是更關注那些事業經營有成者的文字。

是因為自我認同改變了嗎？還是因為讀的書不一樣了？銷售量仍然持續增加，我的年薪也在四年內翻了兩倍。雖然一開始的薪水就不多，所以翻倍的薪水也不算太可觀，不過一想到這是我自己親手創造的成果，便覺得興奮不已。

6 譯註：作者當時工作的書店名字為「5kmbooks」，此處譯為五里書坊，以配合下句「五店員」的寓意。

在二十多歲的尾聲，輾轉多家中小企業，最後霸氣離職，過上無業生活的我，總算是爭了一口氣！而且還是自己主動提高年薪！不禁對自己佩服得五體投地。如今的金景熹，真想緊緊抱住這段時間努力工作的金景熹。

如果一開始在書店工作的時候，還像過去那樣斤斤計較，只肯做主管交代的工作，現在又會過得如何呢？

＊＊

我也有被壓榨的經驗，也還記得怎麼被利用殆盡。所以我不會輕易說出「請先主動付出」這種話。但是如果因此阻斷了自己挑戰成就的可能性，就很可惜了。那不就變成因噎廢食？

我們得先付出，才能知道接受的人是對我們心懷感激，還是覺得理所當然。一旦認定對方是想壓榨自己的人，就應該立刻劃清界線。我也不會要各位像我一樣「先做再說」，因為剛開始，我連自己要做什麼工作、可以拿到多少薪水都不知道……我的建議是，「彼此先談好條件再開始工作，並且在工作中竭盡自己所能」。

這句話或許是老生常談，不過我在書店工作時，沒有先想到自己的利益，而是盡可能完成自己所能做的一切，因而突破了自己的侷限。當然，我也跳脫了員工的身分認同，偶爾用老闆的身分來挑戰。

雖然我不會輕易說出「帶著主人翁精神去做」的話，但是領公司薪水，偶爾練習當個老闆，也沒什麼太大的損失。**在職場上當個最先動起來的人，自然而然會出現新的身分認同，也能毫無遺憾的投入其他工作。**

所以，現在的我想當個優先付出的人，我不給自己設限，先全力以赴再說，**因為我知道那是提高自己身價的方法，而能夠鍛鍊我氣度的人，也只有我自己而已。**

這間曾經連一個人的人事費都付不出來的書店，如今已經能負擔五個人的人事費，我過去四年來付出的努力，化為帳戶內一點一滴增加的存款，該繳的稅金也增加了。

未來我會是賺多少年薪的人呢？我的氣度又能培養到什麼程度呢？儘管我充滿好奇，不過遙遠的未來如此渺茫，那就先從今年的目標開始制定，讓自己年薪最前面的數字多個一吧。

像我這樣在常去的店家工作，並且把這個工作做到超乎想像的程度，總有一天也能見證年薪提高二十倍的方法，並到處宣揚這個經歷吧？希望那天一定會到來……。

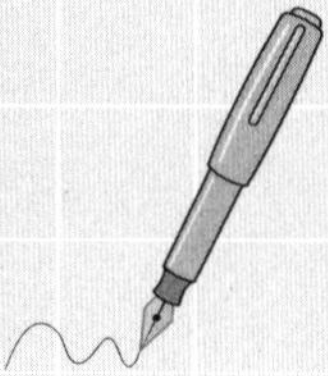

我不給自己設限，
先全力以赴再說，
因為我知道
那是提高自己身價的方法。

08

「你年薪多少？」你被人這樣問過嗎？

我從二十一歲開始打工，至今做過的工作琳瑯滿目。這些工作沒有拯救地球、挽救他人性命那樣了不起或偉大，都是些維持社會運作的工作，就算不是我來做，這些工作也大多可以由別人取代。

不過，我敢信心滿滿的說，我不曾為了賺錢而做出傷天害理或違法的事情，我想這樣就已經足夠了。

壓力當然免不了，但是我正正當當的賺錢，也有繳稅金，算是過著不錯的生活，直到我聽見這句話：

「您賣一本書賺多少錢啊？」

「每本書都可以拿版稅，通常是一本書售價的一〇%。」

「那假設書賣一萬韓元，賣一本書就賺一千韓元囉？」

「是的。」

「那也沒賺多少耶？」

在資本主義社會中，賺多少錢固然重要，但是竟然直接在我面前說「那也沒賺多少耶」，真讓人難受。當初真該反嗆「那您又賺多少錢」，可是我沒有那麼做。這件事發生在四年前，至今我依然無法忘懷。

「工作怎麼樣？是妳喜歡的工作嗎？」沒人問我這樣的問題。我在短短五分鐘內，從「哇，您是作家耶？」的感嘆，變成「賣一本一萬韓元的書賺一千韓元的人」。

四年前的某個週末下午，在首爾某間人潮眾多的咖啡館，那個對我說「那也沒賺多少耶？」的那雙眼神……啊，那時我才徹底覺悟，原來寫作終究只是收入不怎麼樣的工作。

那天的經驗時時警惕著我，原來我正在做沒什麼賺頭的工作，原來我是一個賺不了多少錢的作家。我還以為可以吃想吃的東西，買想買的東西，這種程度已經算過得不錯的了……老天大概是想把我鍛鍊得更強大一點吧。

「我的年薪有○○○元，再加上績效獎金的話，有○○○元。」

「您賺得不少呢？」

「真的很抱歉，您說您在書店工作，請問年薪是……？」

「什麼？」

「如果您覺得不方便，也可以不必回答，我只是好奇而已……。」

「啊……差不多○○元吧？」

「金額似乎不大，不過比我預期賺得多耶？」

究竟對方預期的書店工作年薪是多少呢？在對方的預估中，我的年薪在什麼水準呢？其實我有灌一點水。因為對方的年薪實在太高，我不想被比下去，所以「稍稍」提高了一些金額。

唉，要是我坦白的話，對方會不會說「喔，果然是這個水準」？我還想說就算錢賺得不多，但至少可以和喜歡的夥伴一起開心工作……原來我的年薪真的很少啊……。

＊＊

不對！我為什麼要跟這麼沒禮貌的人聊這些呢？而且年薪又算什麼？是為了炫耀自己的年薪才問的嗎？

「還是在書店工作，就活該領少一點錢？賣一本書雖然只賺一千韓元，但是我可是寫了一本書啊！他寫過嗎？我以後還會賺比他更多的。憑什麼多賺一點錢，就在那邊炫耀！」

我用迅雷不及掩耳的速度抓住朋友，大吐苦水。太委屈了，總覺得心裡有疙瘩。頓時，我想起和朋友們聊起同學的消息，不經意吐出的那些話。

「某某某在做那個工作？咦，怎麼會？」

「薪水會不會太少啦？超級低薪耶？」

「那每次接案可以賺多少啊？」

雖然不是對當事人說的話，但是到目前為止，我不知道說了多少類似的話。我義正嚴詞的罵了那些沒禮貌的人，其實也是往我自己的臉上吐口水。我也曾問過：「那個人賺多少錢？那個工作年薪多少？」一切用金錢來衡量他人的行為，我也不惶多讓。

有時候，我會在網路上搜尋上班族的平均薪資。看著那些數字，心裡浮現出各種想法：「我現在的生活有接近平均值嗎？」不只是計較自己的平均薪資，我也熱衷和別人的平均薪資比較。沒有達到平均薪資，我會陷入無謂的沮喪；超過平均薪資的時候，我又一個人歡天喜地，志得意滿。

我說出的話和做出的行為，似乎拐個彎又回到了我身上。我希望自己的工作受到尊重，卻又不懂得尊重別人的工作，我不應該成為那樣的怪物，也不應該隨便評論別人的工作，輕易用金錢來衡量他人的工作價值。

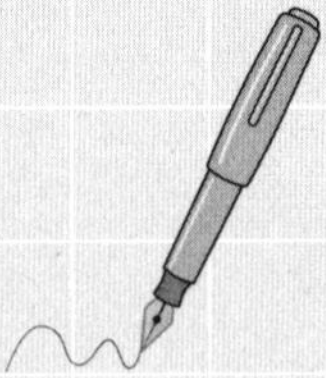

不該隨便評論別人的工作，
更不該用金錢來衡量他人的
工作價值。

09 欲望很多，但能實踐的很少

「想做的事情很多，但是沒時間。忙啊忙。」

想法總是比行動走在前面，不禁讓人嘆氣，我既得上班，像機器一樣處理該做的日常業務，又得為下個月的銷售準備新的企劃，還得盯著Excel表格仔細處理核銷。豈止是這樣？我還要抽空學習，因為只有學習，才能讓我在餬口的工作中生存下去，再說還有即將截稿的案子。

這時如果出現其他想做的事情，的確多少能激發自己對生命的熱情，不過那只是一瞬間而已。在沒有時間的情況下，要做好該做的事情，又要完成自己想做的事情，根本是不可能的任務。

在成人的世界裡，該做的事情永遠是第一順位。「想做的事情也要找時間去做啊！」像這樣對自己喊話，無異於要剛跑完賽馬，已經筋疲力盡的馬再繼續跑。到頭來，我們還是只能做完該做的事情，想做的事情也做不了。欲望很多，卻都沒能實現，只是讓自己白傷心而已。

可是，再怎麼想都覺得奇怪。我每天的「To-do List」裡，該做的事情清單並沒有很多呀，我的時間到底是怎麼消失的呢？雖然大惑不解，但是該做的事情依舊堆積如山，時間依然永遠不夠，忙到沒辦法好好思考。

我就這樣被時間牽著走，最後連僅存的信心也消失了。如果這時候和別人比較的習慣發作，事情又沒完沒了。

「我現在都這麼忙了，手上工作這麼多，那個人是怎麼回事？那麼多工作是什麼時候完成的？一般人睡眠時間要七到八個小時，他是怎麼維持充足睡眠，又一邊上班、寫作、經營YouTube，還有時間學習的？」

這種時候，我總會懷疑上天給每個人的時間是公平的嗎？似乎我的一天有二十四小時，別人的一天卻有三十八小時。唉，我不知道啦。

其他人是怎麼工作的？為了了解我不知道的時間管理法，我接連到YouTube、推特（Twitter）、IG搜尋。雖然把搜尋的時間拿來做想做的事情，可以讓時間過得更充實，不過在開始任何事情之前，必定少不了搜尋。

不是有句諺語說「知己知彼，百戰百勝」嗎？整整一個小時內，我一口氣找了各種有關時間管理的內容，其中印象最深刻的，是翻譯家金明南老師（音譯）的時間管理法，又名「KMN流程」。

這是在一個小時裡，工作四十分鐘，休息二十分鐘的流程，也就是在四十分鐘內全心投入工作，而在剩下的二十分鐘內好好休息。好，該工作的時候工作，該休息的時候休息吧！

為了持續專注四十分鐘，我先播放鋼琴家趙成珍的四十分鐘演奏曲，接著投入工作。再怎麼想躺在床上，再怎麼想暫停音樂，我都忍了下來，硬是堅持了四十分鐘，之後盡可能在二十分鐘內玩手機、休息。

這樣完成一套流程後，覺得似乎什麼都難不倒自己。「我終於找到運用時間的最佳辦法了！」結果堅持不到三天就放棄。四十分鐘是非常漫長的時間。我的大腦已經習慣社群媒體簡短、快速的訊息，忽然要專注四十分鐘，根本辦不到。

沒辦法了，我決定把專注時間減半。「可是，直接減半會不會太超過了？」、「剛開始嘛，不要太勉強了。」在這兩種想法的拉鋸下，最終以二十五分鐘達成妥協。「好，就二十五分鐘。」我再次堅定決心，坐在書桌前，接著拿起手機，購買二十五分鐘計時器。

果然，裝備還是要準備齊全，人生不就是靠裝備取勝嗎？既然下定決心好好努力，我立刻訂購了谷歌（Google）員工都在用的計時器。

到貨後，我搖身一變成為矽谷的谷歌員工，設定好二十五分鐘後，專注於工作，接著休息五分鐘，維持這樣的循環。每次完成一個循環，就在筆記本上畫「正」字的一劃，用來檢視自己專注工作的時間。

多虧這個方法，我堅持工作了二十五分鐘，不過堅持五分鐘的休息時間，卻並不容易。有時候休息十五分鐘，有時候甚至是二十五分鐘，常常覺得屁股坐在椅子上的時間非常長，可是檢查筆記本上的正字數量後，卻讓人大感意外。

即便如此，**把自己努力的成果記錄下來，倒是很有意義的事情**。「原來我可以在二十五分鐘內，專注做好某件事情啊。時間過得非常充實！」一想到這裡，心裡也得到了安慰。

＊＊

可惜的是，儘管心裡得到了安慰，我的生活也沒有多大的改變。我真是個軟弱的人類……筆記本上的正字開始減少，雖然我依舊過得忙碌，但生活仍然平凡無奇，沒有什麼特別的表現。

「我的時間是怎麼消失的？我該多做些什麼嗎？問題出在哪裡呢？」再怎麼絞盡腦汁，還是沒有答案。當我下定決心要減少睡眠時間、減少欲望時，朋友向我炫耀最近買的東西。

「這個叫做倒數計時儲物盒（Kitchen Safe），漂亮吧？我直接從海外買的。聽說這真的很有用。」

這個一年讀五十本以上自我成長書籍，徹底改頭換面的朋友，最近說什麼要成為時間的主人，而開始大量閱讀相關書籍，並從中得出這樣的結論：「時間的敵人是手機。」、「千萬不能相信人類的意志。」於是購買了這款新產品。

據說將手機放進這儲物盒內，設定好時間並上鎖後，直到時間結束為止，都無法打開。若想拿出手機，唯一的辦法只有用槌子敲壞盒子。可是對我而言，手機已經和我形同一體了，那個方法真的有效嗎？

我問朋友：「非得做到那個程度不可嗎？」朋友卻反問我：「打開妳的手機，看一下妳一天花多少時間在手機上。」

進入手機設定頁面，確認了使用時間。天啊，我每天平均使用手機的時間是七小時五十八分鐘！而且一天解除手機鎖定的次數是九十三次。我對自己太失望了，像我這樣的人，究竟是怎麼活下來的？檢查應用程式的使用順序，最常使用的應用程式依序是Netflix、YouTube、IG、推特……我不敢再看下去了，真想逃避這個事實。

一直以來都以為自己很忙，過著看似忙碌的生活，原來是忙著做這些無謂的事情。「我不能再這樣活著了。」於是我掏出手機，想跟朋友一樣購買倒數計時儲物盒。

「強制性很重要，只要有它在身邊，我也可以真正過上充實的生活。」

這麼想之後，我又開始瀏覽YouTube、IG、推特和即時熱搜。這個世界依然正常運行，我又何必那麼急躁呢？就是因為不想那樣浪費時間，所以決定要買倒數計時儲物盒，結果又陷入惡性循環裡。

江山易改，本性難移。最後我被YouTube的演算法牽著走，浪費了一個小時，結果連東西也沒買。

寫完這篇後，我一定要來買。

海外直購雖然得花點時間，但就算商品到貨，情況真的會改善？商品送達前，我只是個「有許多事情要做，也沒多少時間，卻抓著手機不放的人」；商品送達後，我就會成為「時間的主人」吧？腦中充滿甜蜜的想像。

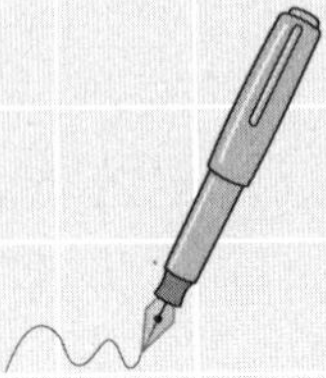

在成人的世界裡，該做的事
永遠是第一順位。

10 過勞竟然找上我，怎麼擺脫？

我一早醒來睜開眼睛，卻不想從床上爬起來，不知道是起不來，還是不想起來，繼續賴在床上。我唯一能做的，只有躺在床上滑手機，看一下新聞，再看一下其他人晚上上傳的動態。

接著少不了點進YouTube，一邊確認時間，告訴自己：「看三十分鐘就好！」儘管如此，YouTube奇妙的演算法總是讓我陷入這臺小小的手機裡，讓我繼續躺在床上。

過了一會，我再次確認時間，一邊在心裡盤算著：「準備出門要花三十分鐘，通勤時間要花一個小時。啊……現在就要起床了。」直到再也不能躺下去的時候，我才從床上爬了起來，勉強打起精神，走進浴室梳洗。

光是換穿衣服，準備出門，時間就已經不夠用了，我卻總是找機會躺下來，穿好一件衣服，先躺一下；穿好全部衣服後，再躺一下。準備出門的速度，比悄悄流逝的時間慢了許多，在這場混亂中，我一直抓著手機不放，只想停留在手機裡，不願面對現實。

＊＊

終於做好出門準備，算準趕上打卡的時間，這才踏出家門。我拖著沉重的步伐走向地鐵站，腳踝像是被人綁上沙袋一樣，想著今天進公司該做的事情，越想越煩，於是放空搭上地鐵。

到轉乘站得站上十五分鐘，我實在沒有信心，趕緊轉動眼球掃描四周，看什麼時候會出現空位。還在想運氣差的話，乾脆一屁股坐下，身體輕輕靠在門邊。「可是坐在地上不太好吧？」雖然心裡這麼想，身體卻像洩了氣的氣球一樣，無可奈何的向車廂地板癱坐下去。上班路上跟下班一樣累，我抓著手機，隨便瀏覽影片，又覺得無趣，乾脆閉上眼睛。

到公司後，公司畢竟不是只有我一個人在做事，所以我只能表面裝作沒事，但是內心意興闌珊，麻木的做著該做的事情，有做就好。然而對於微不足道的小事，我卻顯得異常敏感。

聽見別人理所當然該問的問題，心裡感到一陣厭煩：「唉唷，怎麼什麼問題都要問？」看著下週之前要完成的工作，只覺得壓力山大，即便我完全有能力做好那個工作，即便那是我一直以來做的事情。

我面無表情的應付完所有工作，再度走向地鐵站，準備回家。我點進YouTube，只想放空，看完數十部不必動腦思考的影片後，差不多到家了。我自然而然走向床邊，衣服也沒有換，一手還緊緊抓著手機，繼續播放剛才看到一半的影片，一邊沉沉睡去。

這樣的日子在一天、一週、一個月內反覆上演。所有負面情緒支配著我的每一天。

「這樣活著要幹嘛？」

「好想辭掉工作，什麼都不想做。」

「我到底想怎樣，怎麼會把事情搞成這樣？」

腦海中浮現負面想法時，我特別討厭自己，明明不想這樣活著，卻又重蹈覆轍。我該拿這樣活著的自己怎麼辦才好？看著手機螢幕裡，人們循規蹈矩做著自己該做的事情，我對自己現在的表現越加失望。

明明知道自己不能再這麼下去，卻無法結束這樣的生活，我一定要找出原因才行。究竟原因是什麼？是什麼讓我變成這樣？

我上網搜尋這些關鍵字：無力、什麼事情都不想做、想逃離一切、憂鬱、敏感、變得煩躁，並且做了幾個網路測驗。我用手指數著符合我情況的選項，花了一些時間後，終於知道原因——過勞，找上我了。

過勞是指，原本工作充滿幹勁的人，出現生理上和心理上的極度倦怠感，整個人顯得乏力的現象。是啊，我太熱衷於工作了，就算沒有人交代我，我也會主動去完成，工作中獲得的成就感和成就，都令我興奮。

就像中毒一樣，我想爬上更高的位置，所以我付出所有時間和精力在工作上，我想繼續體驗這樣的滋味，渴望更甜蜜的果實。然而，我只是一個凡人，開始走向疲乏。

是啊，人類不可能把所有時間都放在工作上，於是，我開始對所有事情產生懷疑：「這真的是適合我的工作嗎？」、「現在這樣的生活是對的嗎？」而且越來越累。

除了睡眠之外的所有活動，都令我感到痛苦。「這樣活著到底有什麼用？乾脆去國外自由自在的生活。反正怎樣都可以活下來的吧？」、「不對，去國外壓力有點大，還是去哪裡的鄉下種田度日吧？或是去寺廟？」塞滿我腦袋的各種想法，都來自於過勞。

我想逃離一切。要想逃離一切，必須動起來才行，我找到各種有助於擺脫過勞的方法，例如規律的生活、運動、休息等，這些都是我至今一再拖延的事情，我決定一個個開始執行。

話雖如此，想一下子動起來並不容易。首先，除去上班的時間，我把過去生活中所做的多餘事情全部清除，只留下一件非做不可的事情。接著，我決定嘗試以前一味追求效率，從沒有好好享受過的事情。

例如盡可能懶散的躺在床上，不帶任何罪惡感；偶爾渾身提不起勁時，到電影院看一直想看的電影；點想吃的外賣，邊吃邊看Netflix；把筆電放在家裡，帶著一本書到咖啡館靜靜閱讀，讓自己暫時遠離工作。漸漸的，無力感開始一點一滴從我的身上退去。

這時，我才想起朋友對我說過的話。

「休息跟工作一樣重要。休息時間也要放進行程裡。」

「又不是只幹一、兩年就不做了。想做久一點，重要的是不要過勞。」

「不要太勉強，妳會累死的。」

擺脫過勞得花上一段漫長的時間。儘管如此，我有時仍會勉強工作，或是為了滿足自己的欲望而計較效率，把所有時間塞滿工作。人類為什麼會一直重蹈過去的錯誤呢？

我質問自己：「這次要有所改變了吧？」這種時候，我總會要求自己擺脫工作狂金景熹，當個純粹的人，過上幸福的生活，也決定每天至少擺脫工作一個小時也好，我要做一個純粹的人，純粹的金景熹。雖然不容易，不過我每天都在努力。

每天至少擺脫工作一個小時，
什麼都不要想。

11

我的理想，是工作到人生的盡頭

從小看電視長大的我，自然而然從連續劇中學習人的一生。我以為人生就是學校畢業後找工作，婚後辭去工作，在家待產、生產和相夫教子。因為連續劇裡三十多歲的女性，全都過著那樣的生活。

當我好不容易考進大學，好不容易畢業，終於開始工作的時候，我的人生規畫是這樣的：先努力工作一年，為下一個階段的經歷做好準備，並且在婚前存下五千萬韓元的結婚基金。

是的，我人生的終點曾是結婚基金。這是我在二十八歲到三十歲之間必須完成的目標。有人問我：「那結婚之後的人生，難道沒有規畫嗎？」我的答案是：「離職。」

唉，如今回想起來，真不知道自己為什麼會有那種想法。我那樣對工作充滿熱情，下班後還去補習班，一邊準備證照，努力充實自己，卻僅僅限定在那五年內。我一直以為工作至結婚前，是理所當然的事情。

＊＊

後來，我不再坐在客廳沙發上看電視了，我改躺在床上看YouTube和Netflix。我以為即使我變成了老奶奶，我永遠的朋友——電視，仍會繼續陪伴我。這個世界的改變太快，而我也跟著改變了。

手機小小的螢幕裡，出現一群既陌生又可愛的人。我邊看邊驚訝：「這些人沒有結婚耶？」、「咦？那個人是一九五八年生的啊？」、「咦？那個人是一九五四年生，現在已經六十幾歲？」

這些獨挑節目大梁的女性，比我那出生於一九六一年的母親年齡要大。在遙遠的國外，竟然有這群還在工作的女性。原本熱衷消費富含韓國人情感的文化內容，一味追求韓國生活方式的我，從此大開眼界。

「看吧，到了六十多歲，還是可以像那樣工作啊？可是那裡是美國，所以才能那樣吧？」

在我訂閱YouTube和Netflix，埋頭收看影片的同時，我進入了三開頭的年紀。明明螢幕裡面有這麼多女性到了三十多歲、四十多歲、五十多歲，還可以繼續工作，累積自己的經歷，我卻感到不安。

因為在我的身邊，看不見那樣的女性。朋友們一個接一個結婚、懷孕，辭掉了工作。我需要更實際的榜樣才可以。

我後來選擇了不婚，我的夢想也從五千萬韓元的結婚基金，變成了買房子的五億韓元，我想繼續工作。那些在遙遠的美國，過著夢想中生活的人，雖然和我一樣同為女性，卻與我毫無關聯。因此我開始尋找和我有相同的想法，且在我周遭工作的女性作為參考。

沒想到答案就在不遠處。我書架上有幾本書的作者是女生，這些作家即使到了四十歲、五十歲，也依然繼續工作，努力創造人生經歷的顛峰。

例如從文案撰稿人轉為作家，再從作家轉為Podcast主持人，人生經歷多次方向轉變的作家金荷娜；從雜誌編輯轉向作家身分的作家黃善宇；婚後育有兩名子女，一邊寫作、開班教授寫作，也主持說書活動的作家隱喻（音譯）。不只如此，還有過著獨居生活，身兼自由工作者的作家申藝熙。

有時，作家僅是活出自己的人生，就足以帶給他人強大的力量，因為她們目前所經歷的時光，也許刻劃出了某人十年後的生活。看著她們，我也對四十、五十多歲的自己懷抱期待。這群工作的女性，成了我人生的表率。

「我可以工作到什麼時候呢？」我想我可以工作到人生的盡頭。

我不知道在我離開人世之前，能再做幾種職業，又會做什麼樣的工作。我只知道看著繼續工作的她們，看著她們活躍的模樣，我就能免於不安的侵蝕。因為**我的理想人生，是工作到我還願意工作的時候。**

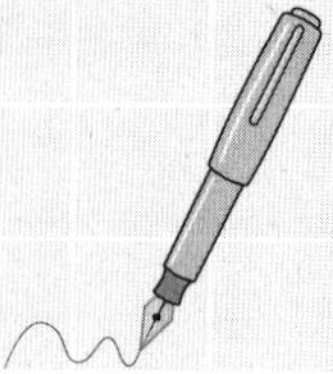

我的理想人生，
是工作到人生的盡頭。

第二章

工作讓人很煩，但沒工作更煩

12 為了隨時能走人，我盡力做到最好

我經常在想要不要離職。雖然是和志同道合的同事一起做喜愛的工作，可是怎麼可能天天是好日呢？當然，我想應該也沒有那樣的上班族吧。

這裡的問題在於經營這間書店的我。我沒辦法遞出辭呈，說我要辭職，然後一走了之。當我要離職的想法成真的那一刻，五里書坊等於走入歷史，所以也僅止於想想而已。我也不是自己一個人工作，還得考量其他同事的生計，這更讓我無法輕易離職。

即便如此，我還是會有離職的想法，因為有時候我和老闆理念不合，明明雙方透過對話互相配合就好，心胸狹窄的我卻不肯理性判斷，硬是意氣用

事，自己氣到不行。每一季總要上演一次類似的戲碼，這時想法偏激的我，滿腦子只想離職，甚至不惜劃清界線，設想之後的去路。

好，假設我離開了，我必須把什麼東西留下？答案當然是工作。我原本負責的業務必須有人接手才行，那麼就得趕快製作業務手冊。腦袋這時開始快速運轉。我做的工作是什麼？該從哪裡開始整理才好？

於是，我把目前的業務一一記錄下來。原本憑藉身體記憶熟練處理的所有業務，在化為文字後，我才得以客觀定義「自己是做什麼工作的人」、「正在做的工作是什麼」，而看著無窮無盡的業務清單，一方面又覺得「呼，原來我是這個組織不可或缺的人」。但是完成業務手冊後，發現這些工作，其實任何人都能照著手冊完成，不必非我不可。

在我還是社會新鮮人時，一位我相當倚賴的代理[7]說自己即將離職。「如果沒有代理，公司要怎麼運作呢？代理無所不能啊！要是沒有代理，我

7 譯註：位於一般職員之上，相當於臺灣的部門基層主管或小組長。

們這組還能順利運作嗎？」我懷著焦急的心情向代理問道：「如果沒有代理，我該怎麼辦呀？我們這組呢？還有我們公司呢？」代理笑著說：「不必擔心，不會有問題的。」代理離職後，工作依然順利進行，沒有出任何問題。組織就是這樣，沒有什麼非我做不可的工作，任何人來都可以做。

之所以回想起當時的想法，是因為我已經有過親身經歷，知道就算沒有我，工作還是會順利進行。那麼接下來的問題是，我現在的表現，在未來是否會讓同事深刻感受到我的空缺。

其他人交接我的業務時，勢必會有人比較我和新人。雖然我想過反正以後再也不會見面，何必去想我不在的時候，別人怎麼拿我來比較。但是我多麼渴望聽到「金景熹工作能力真的很強」的稱讚，這是很重要的問題。可以說這是我對工作的一絲自尊心吧。

在我詳細編寫業務手冊，完成離職準備後，我開始規畫離開公司後的人生。當我失去目前主要的收入來源，也就是沒了薪資所得後，我該做出什麼樣的選擇呢？該重新找工作？還是在我過去兼職授課的專業領域，再多投資一些時間，想辦法提高所得？

先從就業開始思考吧。最近一次寫履歷表是什麼時候？仔細回想，是五年前？還是六年前？已經記不清楚了。如果要把這之間的空白填在履歷表上，我該寫什麼才好？寫作、演講、經營書店？那些都和上班族的業務內容截然不同。

經歷是騙不了人的。天啊！我拿著這份履歷表可以去哪裡求職，又可以做什麼工作？最後，我把就業這個選項刪去。好，那麼增加過去寫作和演講的工作量，試著取代薪資所得？

唉，醒醒吧！光靠基本工資都不到的寫作和收入不穩定的演講，無法取代每個月都能領到的薪水。那些只能算是額外收入，有最好；沒有也不影響生活。那要不要試試經營 YouTube 頻道？但是我不知道該從哪裡開始著手，也對影像編輯和如何獲得收入毫無概念。

如果只靠過去從事的副業，根本賺不到維持一個月生活所需的金額。

雖然想離職，但是想到沒辦法立刻離職的現實，才讓我衝動的態度收斂了一點。「原來我一直沉醉在自己表現不錯的想法裡，可是一個一個仔細去想，我既沒有特別擅長的事情，也沒有做好一個人自給自足的準備」。說到底，能有這份工作已經是萬幸，我應該懂得感恩才對。

知道自己有幾兩重後，我決定懷抱一顆謙虛的心，開始新的目標。**「把工作做好，做到即使明天立刻離職，也不會有什麼問題的程度吧！**要達到這個目標，平常必須把工作打點好，不過，不是用一成不變的方式工作，而是要思考怎麼做才可以更好。除此之外，**還要繼續充實自己，為將來自立門戶做好準備。一邊學習，一邊嘗試。」**

日復一日過著庸庸碌碌的生活，我開始看不清「我是誰」，「我現在的位置」在哪裡。未來我依然會有離職的想法，不過這種時候，我會重新正視現實，好好穩定自己的情緒。

過去我也曾經因為討厭公司，滿腦子只想著離職，不管三七二十一就開始寫業務交接單。時過境遷，我也改變了，**我想為工作劃下完美的句點，並且思考離職後的生活，為此事先做好準備。**

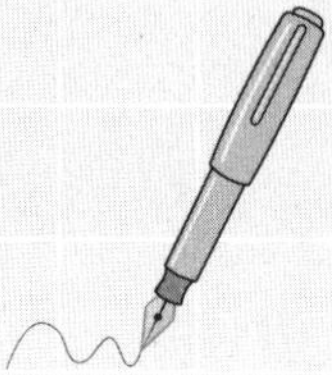

把工作做好，做到就算明天離職也不會有問題的程度！

13

不想失去健康，我每天走滿一萬步！

「以前，我熬夜完直接上班，也能輕鬆做完工作，根本小事一樁。」

是啊，二十多歲的我是那樣，那邁入三開頭的現在呢？不用說熬夜了，超過凌晨一點睡的日子，手指頭都數得出來。該睡滿八小時的睡眠時間，即使只少了一小時，也會影響工作表現，一、兩杯咖啡根本解決不了。

體力也大不如前，光是從家裡到公司往返兩小時，總共換乘兩次地鐵，就已經消耗掉一天的精力。不能再這麼下去了，這時，我才聽進大姊們經常對我說的話。

「要活就要動，運動是為了活下去。」

至今都靠食物來解決體力問題的我，拿出放在背包裡的巧克力，邊吃邊思考：「立刻開始運動吧，沒什麼好猶豫的了。」不久後，我在上班途中，溜到公司附近的健身房，信心滿滿的買了三個月的會員卡。拿著契約書和收據走回公司的路上，感覺像是已經開始運動了。

「花這健身房三個月的費用，是對自己的投資！」

為了鍛鍊鋼鐵般的體力，我決定在上班前去健身房。雖然滿懷鬥志，不過我一開始的運動卻是在跑步機上快走，而且還一邊看電視。走著走著，我逐漸加快速度，最後達到競走的程度，一集電視節目結束，我的運動也跟著結束。

就這樣過了一星期，心想這個方式絕對鍛鍊不出鋼鐵般的體力，於是我狠下心來，報名了私人教練。

費用是二十堂課一百萬韓元。我竟然報名這種有錢人專屬的客製化運動！這好比用一百萬去買體力。不過，多虧教練在一旁鼓勵「妳可以的，再一下」，我總算完成了長達五十分鐘的高強度運動。

要是獨自運動的話，早就累得直接倒地了吧。雖然每天都得承受肌肉痠痛，不過體力也一點一滴的鍛鍊了起來，然而二十堂課程就這麼結束了。

這到底是怎麼一回事啊？即便一星期只上兩到三堂，一個月也上了十堂，我等於一個月花五十萬韓元運動。但是既然已經開始了，我不能中途放棄，只好咬牙解約銀行的定存，又買了二十堂課。

在我感受到運動樂趣的同時，也體認到一個事實：想要繼續運動，就必須賺錢；想要賺錢，就必須工作，從此陷入萬劫不復的深淵。為了湊到私人教練的費用，必須比平時做更多的工作，結果把自己搞得更累，也越來越不想去運動。最後，厭倦感戰勝了對鋼鐵般體力的欲望。

文章寫到這裡，又過了六個月。在那之後，我只穿過一次運動鞋，運動到滿頭大汗，就那麼一次。雖然可以理直氣壯的用疫情當藉口，或者說忙著工作賺錢，但是心裡不免感到失落。

二〇二一年年初，我感染了嚴重的A型流感，隔一個月又發生交通事故，被公車撞。我終於領悟出一個理所當然的道理——**身體不舒服，工作也連帶做不好**。

不過，我在身體發寒而不停呻吟的同時，依然在工作；雖然被公車撞上，不過幸好帶著筆電進了醫院，也算有驚無險的完成了工作。

唉！工作又算什麼呢？希望我從明天開始，在後悔失去珍貴的健康和體力之前，一定要每天走滿一萬步！

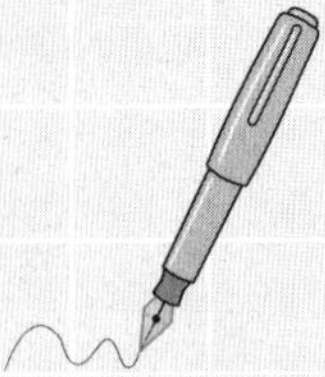

在後悔失去健康和體力前，
一定要每天走滿一萬步！

14 沒有任何工作，能靠一己之力完成

一想到每天都有宅配箱送上門，內心總是相當激動，但是如果塞滿這些箱子的東西，都是我必須賣掉的呢？

收宅配箱的工作，不只是打開箱子、取出書本、確認庫存、上架這麼簡單，如果書本封面是亮色，來的時候卻沒有包裝好，也得再花時間包裝，還必須將商品放上網頁，或是讀完書，再幫書本打廣告。

對我而言，宅配箱的意義不是興奮期待，而是又有工作要做了。

不僅如此，偶爾還有一些額外的工作，像是沒有訂的書送來，或是訂的書沒有送來。這種時候，我得打開筆電寫信給書商，說書送錯了、書有破

損。總之非常麻煩。

還記得某天送錯的書特別多。原本預訂了全都賣完的第一集，結果來的是第二集，接著送來的宅配也是一樣的問題。另外，為了減少書本破損率，我要求書商一本本包好，但是送來的只有未包裝的書，也不知道運送過程中沾染了什麼，每本書都有髒汙。

有些書再怎麼用橡皮擦擦拭、清潔，也無法恢復原貌，只能拍照寄給書商，這些都是很常見的問題。其實只要安慰自己：「沒關係啦，犯點錯也是情有可原的。人非聖賢，孰能無過。」自己多擔待一點就好。

唉……要是懂得那麼想，該有多好啊。可是我這個人內心急躁，情緒容易瞬間失控，實在辦不到。我經常自己一個人氣到不行，甚至罵出聲來：「奇怪，這件事為什麼要讓我做到第二遍、第三遍啊？為什麼要浪費別人的時間？」把氣氛搞得烏煙瘴氣。

我雖然嘟著嘴，內心憤恨不平，卻還是打開筆電寫信給書商，說犯錯情有可原，沒關係。但是我實在沒辦法平復自己尖酸苛薄的心，因為覺得自己把時間浪費在不該浪費的地方，也把情緒平白消耗在不必要的地方，越想越氣。就連旁邊同事的行為，我也越看越不順眼，忍不住在內心抱怨：「妳工作怎麼這麼隨便啊？滑手機的時間好像比工作的時間還久欸？」

我表情冰冷的敲打著鍵盤，而看著這一切的老闆，悄悄湊過來對我說：

「別人做事情不可能永遠都順我們的意啊。」

「我又沒叫他們照我的意思做。我只是要他們做好最基本的工作，不要犯錯造成別人的困擾，要他們在上班時間認真工作耶！老闆你真的是菩薩心腸欸！」

我忍不住繼續嘮叨下去。那一整天，除了我之外，其他人看起來都沒什麼貢獻，而我的心胸越來越狹窄。

後來，某個難得悠閒的日子，我正不疾不徐的處理工作，忽然收到一封郵件。

您似乎算錯金額了，再請確認一下。

天啊！一本一萬三千韓元的書，我算成了一萬兩千韓元，用這個價錢報銷了。肯定是前一天急著處理業務，沒有仔細核對好金額。本來我應該確認兩次的，但是因為是再熟悉不過的工作，心想應該沒什麼問題，急匆匆的結束工作，於是就出現了失誤。

如果有個老鼠洞，當下真想立刻躲進去，我卻死鴨子嘴硬。

「人有失足，馬有失蹄嘛。又不是機器，就是要這樣偶爾犯點錯，才是正常的人類吧。如果工作表現太完美，那不是很可怕嗎？」

對別人犯的錯特別敏感，還義正嚴詞責怪別人讓自己做兩遍同樣的事情，結果我也厚臉皮的剝奪了別人的時間。正是「嚴以律人，寬以待己」。

無論如何，為了彌補這個錯誤，我趕緊重新修正，計算好金額，並且確認兩次後，將差額補給對方。接著寄了一封信回去，表示自己很抱歉，造成對方的困擾。

處理完後，本想繼續悠閒的工作，電話這時忽然響起。

唉……難得悠閒的日子，就這麼被打破了。從寄送錯誤的諮詢信、書商電話、活動相關諮詢私訊，到作者請款的郵件，一堆意想不到的業務瞬間湧入，讓人不知該如何是好。

雖然想去廁所，我還是忍了下來，一件接著一件解決工作。這時，最體諒我焦急心情的，只有盡全力堅持自身任務的膀胱而已。不知道事態緊急的老闆，一下子把二十本書推到我面前說：「這些書的結算已經拖很久了，今天之內一定要完成喔。」

拜託，為什麼這麼突然，為何是今天，而且是現在就要？我多想放聲尖叫，但是又不能這麼做。我只能安慰自己：「唉！人生總是不按計畫走。」

然而不久後，我又變得尖酸刻薄起來：「唉唷，我為了快點把工作做完，都沒辦法去廁所耶。這些非得今天做完不可嗎？」莫名其妙又開始生氣。後來想想，再怎麼專注工作，反正今天肯定是沒辦法準時下班了。我決定放慢腳步，廁所該去就去，偶爾滑手機看一下ＩＧ，邊做邊休息。反正這些事情今天之內一定得完成，而我不管用什麼手段，都不可能在下班之前完成。

這麼一想，原本尖酸刻薄的心也變得溫和許多。完成工作後，一看時鐘，晚上九點二十分，漫長的一天終於結束，我也完成了該做的工作。

「今天真的辛苦了！」聽見老闆的話，我不禁慶幸剛才沒有放聲尖叫。要是真的把自己敏感的情緒全部宣洩出來，工作結束之後，心裡肯定會覺得彆扭，因為埋藏在心裡的話和真正說出來的話，兩者的重量截然不同。

回家的路上，我既沒力氣看書，也沒力氣玩手機，只是呆呆坐在地鐵車廂角落的位置，回想今天一天，不料連前幾天的事情也接二連三出現。我太愛胡思亂想，非得連過去的事情也拿出來回味。

我極其嚴格的放大檢視別人工作上的失誤，然而發生在自己身上時，卻又無限寬容。我本該體諒並尊重別人的難處，卻輕易憑著瞬間的表現來衡量對方。

每個人明明都有自己最好的一面，真不知道我心胸怎麼這麼狹窄。乾脆完全討厭對方，或者完全尊重對方，心裡還會暢快一些，可是我卻沒那麼做，搞得自己每天心神不寧。

沒有任何事情是能靠自己一個人完成的，而我卻控制不了自己每個當下的情緒，對別人的工作指指點點。

我什麼時候才會長大啊？

人有失足，馬有失蹄。
偶爾犯點錯，才是正常的。

15 結婚、生子？我現在連自己都養不活

回想起踏入第一間公司，剛成為新進員工的時候，一切是那麼新鮮又陌生。當我忙著認識公司主管，熟悉業務，適應公司氣氛時，得知隔壁部門有位結束育嬰留職停薪，重新回到職場的B。

那時我對「育嬰留職停薪」的概念也不熟悉，只想說「原來可以請育嬰留職停薪」的假，沒當一回事。因為結婚和生孩子對我而言還太遙遠，我滿腦子想的只有該怎麼離職。

＊＊

午休時間盡可能到公司外面行光合作用，是我一貫的原則，不過一旦發

現可能加班的徵兆，也只能放棄午休時間的自由。

有一次，正當我抱定無論如何都不要加班的決心，邊吃三明治邊工作的時候，看見B揹起背包往外走。「咦？午休時間怎麼會揹著背包出去？」雖然感到好奇，不過也沒有熟到可以問的程度。

我重新看向螢幕，配備動力馬達的雙手繼續動了起來。就在午休時間即將結束之際，外出的同事手裡拿著一杯咖啡陸續回來，其中也有手裡提著購物籃的B，原本空無一物的背包，也塞得鼓鼓的。

後來無意間聽見B和隔壁部門同事的對話，才知道她利用午休時間去買菜，又聽見她說，公司附近新開幕的超市賣的蔬菜很便宜。

B每天花三個小時搭地鐵往返公司和住家，下班後，得立刻回家照顧孩子。據說，上班時間孩子由娘家媽媽照顧，因為沒時間上市場買菜，只能盡快吃完午餐再去買菜。

在這之後，也常看見B在午休時間快結束時，揹著裝得鼓鼓的背包，一手提著購物籃進公司。看著B抓緊時間檢查單子上面要買的東西，經常行色匆匆的樣子，我不禁心想：「B什麼時候休息啊？」、「下班後回家，還得照顧孩子，又有家事要做。」、「結婚之後，就得過著那樣馬不停蹄的生活，沒有時間休息嗎？」

在第二間公司，我和隔壁部門的同事S經常聊起公司的事，逐漸熟絡了起來（雖然為了過上更好的生活，我後來離開了第二間公司）。

S經歷結婚、生子和育嬰後，選擇二度就業。她雖然上過不錯的大學、待過不錯的公司，卻不在意比婚前低的年薪，對於還能工作心存感激，工作也非常努力。

下班後，我在地鐵站內遇見了S。我們的方向相同，一路上聊了不少話題。在詢問過彼此的日常生活後，她問我：「您下班後，通常做什麼呢？」我說見朋友或運動，她回答很羨慕我。

S說她下班後，自己得立刻趕去幼稚園，接孩子下課、吃晚餐，陪孩子度過晚上的時間，等孩子睡著後，還得自己做家事，最後才能上床休息。看著S秀給我看的照片，那上面有孩子歪七扭八寫的「ㄇㄚㄇㄚ，ㄨㄛˇㄞˋ

ㄋㄧˇ」，也有孩子笑容開朗的模樣，是那樣溫馨。

S看起來也一臉幸福。雖然早上忙著送孩子上學，自己也要上班，下班後還得接孩子放學、照顧孩子，又得處理家務，生活疲於奔命，但是我能感受到她在美滿的家庭中找到穩定感，也因為孩子而感到幸福。

不過事情不全都是美好的。

有一次，我在所有人都忙得不可開交的S所屬部門中，看見了焦急的望著時鐘，臉色泛紅的S。在加班已成既定事實的情況下，她趕緊一一打給住處附近的友人，拜託她們幫忙接送孩子放學。

打了幾通電話後，終於出現一位朋友，願意照顧孩子到S下班，讓她鬆了一口氣。之後堆在S桌上的資料小山一點一滴減少，她忙到連晚餐都沒吃。一有時間，她便會看向牆壁上的時鐘。

然而這樣的情況，一直持續到下個星期。孩子沒辦法交給朋友照顧時，只能向幼稚園求情，勉強爭取到多照顧一個小時，但是那一個小時遠遠不夠完成工作。於是S不得不向同事說明情況，請同事體諒，自己要提早下班。

同事一開始都要她快點回家，不過經過一、兩天後，也開始對她的情況感到不滿。

每個部門該負責的業務是固定的，一個人的空缺勢必會造成其他人過重的業務負擔。S也不是不知道同事的想法，心裡自然是過意不去，且對經常一個人在幼稚園留到最後的孩子、過了下班時間還得陪在孩子身邊的幼稚園老師，也感到非常抱歉。看著到哪裡都心神不寧的S，我不禁心想：

「為何每天都是S接孩子放學？照顧孩子難道是媽媽一個人的責任？」

「想要兼顧工作和照顧孩子，難道就一定要處處得罪人嗎？」

「如果是我，我能夠兼顧工作和照顧孩子嗎？」

我曾經夢想過婚後組建家庭，過上為人母親的生活。雖然看著B和S，覺得那並不容易，不過我卻有一股莫名的自信，「反正船到橋頭自然直，不是嗎？我應該會經營得不錯吧？」然而，我錯了。

幾年後，我發現連養活自己都不容易。我不僅要為自己負責，偶爾還得盡力扮演孫女、女兒、姊姊的角色。最後，我連結婚和為人母親，都從人生中去掉了。

活到三十二歲，能夠安放我這身軀、專屬於我個人空間的地方，只有父母家中的一個房間。雖然每天都在搜尋流浪狗的照片，但為一個生命負責的沉重感，讓我連領養的想法都不敢奢望。結婚和照顧孩子，可能會帶給我幸福，然而跟那幸福同等重要的，是眼前我得靠自己的力量過上自己的生活。

我一年會和B與S聯絡一次。她們都還在工作，而孩子也都即將升上國小，她們也在考慮是否辭職。她們說自己還想繼續工作，但是沒辦法兼顧工作和照顧孩子。

我不知道該說什麼，只能告訴她們工作之餘，也別忘了照顧好自己的身體。希望一年後或兩年後，再聯絡她們的時候，她們還堅守在崗位上，但是事情會怎麼發展，誰也不知道。

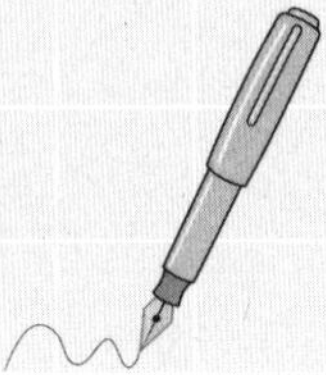

結婚和育兒可能帶給我幸福，
但和這份幸福一樣重要的，
是我現在得靠自己的力量過活。

16 當我從店員變老闆，很多想法不一樣了

我在五里書坊工作已經過了四年。起初自我介紹的時候，都說「我在書店工作」，現在則是說「我在經營書店」。雖然營業登記的營業人不是我，不過我對自己的身分認同不是員工，而是經營者，再加上經營者的工作都是我在做，所以就算這麼說，也沒有人會在意。

我就是邊敲著計算機，邊搔頭抓耳，煩惱每個月銷售量的小店老闆。

某天，我收到了演講邀請，還是請我以經營書店的CEO身分演講！過去一直都是以作家的身分演講，這次竟然是CEO。第一次接到這樣的邀約，覺得有些莫名其妙，不過暗地裡也想：「我真能說出什麼名堂嗎？」

邀約信的開頭這麼寫道：「您以CEO的身分進入五里書坊，在品牌行銷方面推動的措施有目共睹。」看著對方用來描述我的詞彙，例如CEO、品牌行銷、措施，都讓我覺得「原來我做人還蠻成功的」，不禁挺直了腰桿，原本駝背的肩膀也瞬間伸展開來。

我滿心歡喜的同意了演講邀約，開始準備演講稿。

可是忽然要我準備演講，該從哪裡開始講、該怎麼開頭，我毫無頭緒。我也想過毫無說服力的說法，像是：「我只是做做看，沒想到運氣不錯，經營得有聲有色。」

事到如今，還是拒絕吧？不過既然已經答應了，也沒辦法反悔。為了盡快結束演講，放下心中的大石，只好努力準備資料到演講那天了。

由於新冠疫情的影響，演講採線上進行。當時雖然使用的是視訊軟體「Zoom」，可以即時看到彼此的臉，也可以聊天，但是筆電螢幕上實際顯示的，只有PPT資料和我縮小的臉。整場演講下來，就是我一個人對著筆電螢幕唱獨角戲。

演講開始後，我一心想好好談談新的主題，於是一口氣講完準備的內容，中途還趁機查看時間，忙得不可開交。在演講過程中，我不斷出現這樣的疑問：「大家都聽得開心嗎？會不會只有我在自言自語啊？」

結束五十分鐘的演講後，進入提問時間。此時，聊天室的問題一個接一個快速跳出。「原來筆電的另一端，有一群人認真聽著我的演講啊。」我頓時鬆了一口氣，看著聊天室裡不斷傳來聽眾們親切溫暖的回應，讓我稍稍得意了起來。

結束演講，走在前往書店的路上，我心想：「活到這麼大，竟然還能以在書店工作為演講主題賺錢啊。」多虧運氣好，現在還能繼續當書店老闆，我衷心感謝。不過話說回來，因為有了這次的演講機會，我才得以回顧一路走來的歲月。

那麼，我是怎麼生存到現在的呢？

過去我在公司上班，只當自己是平凡上班族時，總是不多不少的做著自己的分內工作，一邊等下班，也沒有努力追求業務上傑出的表現。

當時，我的規畫非常明確，接下來要達成的目標，就是升遷，想著「現在我直屬主管所做的工作，總有一天會由我來做」。對自己未來感到好奇時，我只要看看組長、部長就好。

但是，在經營書店這份工作中，我必須達成的目標是生存，然而該做什麼事情、該往什麼方向前進，我沒有任何可以參考的範本。如果只是不多不少做好自己的分內工作，我的生計將會遭受威脅。

於是為了生存下去，我開始學習。我閱讀書籍，並且花錢購買各種資訊。「原來最近人們感興趣的是這個啊！」、「原來世界是這樣運轉的啊！」、「原來還可以用這種方式打廣告啊？」、「原來這種服務是最近的趨勢啊！」我開始投入金錢，學習各式各樣的知識。

上班前學習，下班後也學習，只要是別人口中的好書、好的課程、好的內容，一定全部涉獵。真的很神奇，那些努力學習的時間，真的創造了收入。在我嘗試應用所學後，逐漸看見了成果。

例如將原本實體進行的聚會，改為線上舉行，或是在流行電子報和訂閱服務的時候，建立書店會員服務等。雖然也失敗過許多次，不過我始終抱持「不行就算了」的態度，繼續嘗試。或許是持續學習帶來了效果，過去的每一個嘗試，都成為書店在疫情期間得以生存下去的堅定基礎。

二〇二〇年初，隨著新冠疫情的爆發，手機響起災害簡訊和確診者移動足跡通知的情況，逐漸成為日常，和其他人見面也變得相當困難，因此，以實體販售為主的書店，銷售量也自然開始衰退。

看著新聞，我不禁陷入沉思。乾脆結束實體賣場的經營吧？那隨之而來的業務改變和新的工作型態，又該如何決定？沒有人可以預測未來的狀況。

「關門吧。」

「還是謹慎一點，繼續開店吧。」

「這會是最好的選擇嗎？」

「什麼樣的方法比較好？」

聽著每位同事各自不同的意見，我這也不對，那也不對，導致工作都沒辦法好好處理，於是我決定結束實體賣場的經營。經營一個陌生人每天來來去去的空間，要承受的傳染病風險令我感到不安，而在實體活動範圍逐漸受限的這個時間點，我想應該要有所取捨。

於是，書店開始轉向線上業務和居家辦公。雖然不知道這麼做對不對，不過我的態度必須果斷，儘管未來一片茫然，但是如果沒有做出決定，只是一再拖延時間，所有人都無法承受銷售量的打擊。

在做出這個決定後經過一年，現在我可以確定的是，要是那時候沒有果斷做出決定，書店肯定已經窮困潦倒了。一、兩個月的赤字，只要我不領薪水還可以解決，要是持續六個月、一年，書店沒有充裕的資金可以撐過那段時間，肯定已經被迫放棄了。

人與人之間的關係也是。如果總是選擇隱忍，告訴自己「和氣生財啦」、「這次就算了啦」、「說出來只會平白讓對方不開心而已吧」、「說了事情就會改變嗎」，這些都將造成傷害。

如果擔心對方受傷，而不能果斷決定，最後只會造成傷害，而當傷害一再累積至一個地步，總有一天還是得正視這些傷害。**果斷是需要鍛鍊的，不是靠閱讀或花點時間，就能立刻擁有果斷的能力。**

至今我仍不知道如何培養果斷的態度，在做決定的時候也想果斷迅速，可是這並不容易。我只能在經過數千次的煩惱後做出選擇，並且盡一切努力讓這個決定成為最好的選擇。我只能為了生存繼續學習，一邊煩惱如何鍛鍊果斷的態度，一邊盡我所能去嘗試。

隨著年資的增加，煩惱的重量也越發沉重。或許還有意料之外的煩惱在等著我，不過經過一段時間後，眼前的煩惱都會變得無足輕重吧。

我只能在煩惱數千次後
做出選擇，並盡力讓其成為
最好的選擇。

17

我跟特斯拉和蘋果執行長的共同煩惱

經營線上書店一段時間後，即時檢查銷售情況變得更加容易。我在工作日會檢查銷售量八十次左右，休假日也有四十六次左右，一般到了每個月月底，必須整理好當月的銷售量。

這樣的生活已經進入第四年，每個月我總會想：「唉，這樣的生活要過到什麼時候？該怎麼做才能生存下來呀？」我每天、每個月都在煩惱賺錢的事情。究竟要到什麼時候，我才能不再害怕銷售量，能自信的說出「我總算知道怎麼賺錢了」，過上悠閒的日子？

這句話聽起來或許有些奇怪，不過光靠賣書沒辦法維持書店的經營。賣一本一萬韓元的書，只能拿到三千韓元，從中再扣除刷卡手續費、書本寄送時的包裝耗材費，最後拿到的錢只有兩千韓元。

既然利潤低，多賣點書就好。但是一天平均要賣一百本書以上，並不容易，儘管我們這間店書賣得還算不錯，偶爾會有出版社和作者親自寄來感謝卡，但是就算運氣好，一天賣出一百本書，剩餘的利潤也只有二十萬韓元左右。要用這些錢繳納月租、稅金和人事費，坦白說有困難。

因為光靠賣書無法提高收入，我們有時也會直接做書，或是利用書本推動各式各樣的活動。無論是書籍編輯工作坊、寫作營，還是閱讀書本的學習活動、理財讀書會，我們全都做過。

書籍銷售情況不佳的時候，活動帶來的收入便幫上了大忙。我也想過既然規畫了各種提高收入的活動，以後就靠這些活動生活，不過生存不是那麼容易的事。

世界瞬息萬變，人們總想追求新鮮的事物，所以書店必須持續販售、製作新書，並規畫創新的活動。韓國有句話說「太陽底下沒有新鮮事」，我們卻得不斷推陳出新，所以每次看到「新品上市」，我就頭皮發癢。

以前每次喜歡的咖啡館推出新的餐點，我總會說：「哇，真好奇是什麼滋味！看起來很好吃。」現在只覺得同情。「飲品開發團隊肯定吃了不少苦吧？每個季節都要推出新產品，肯定煩惱到抓破了頭吧？」結果全國第一名的飲料，無論是去年、今年，還是明年，依然是美式咖啡稱霸。

可惜的是，在我們這間寒酸的小書店裡，還沒有任何一個像美式咖啡一樣，保證收入穩定的產品，所以只能積極開發新的企劃。再說，未來就算人們習慣每天買一杯咖啡喝，每天買一本書來看的人也不會增加，我當然得更努力工作才行。

那些我不惜犧牲睡眠，雄心壯志規畫的活動，全都順利進行。正當我以為終於完成像美式咖啡一樣深受歡迎的活動時，不知從何時開始，離報名額滿的速度慢了下來。

這表示，準備新計畫的時候到了。但是我不可能說：「好，先暫停手上所有業務，全心準備新的企劃吧。」我必須一邊處理原本的業務，一邊準備新的企劃才行。

上班前在咖啡館動腦，或是下班後在家動腦時，我不免會想：「我難道是為了享受什麼榮華富貴的生活，才在這裡絞盡腦汁的嗎？要是能熟練的重複每個月、每天該做的業務，工作做到恰到好處就好，那樣的生活不知道有多麼爽快啊？」

一位主張「要過上好生活，就必須每天看報紙學習」的朋友，過去曾對我說：

「蘋果的銷售額有五〇%來自iPhone。不過聽說執行長提姆．庫克（Tim Cook）的煩惱不少，一直在研發各種產品。」

蘋果公司不就是那間全球市值第一的企業嗎？掌管如此龐大企業的庫克，原來也和我的煩惱一樣。繼AirPods、HomePod之後，甚至考慮推出

Apple Car，為創造新的商機不斷努力。

豈止是蘋果？特斯拉也是一樣的。不僅是自動駕駛汽車，也想盡辦法要在保險、平臺服務等各個領域賺錢。或許有人以為「蘋果不是製造手機、筆電的公司嗎？」、「特斯拉不是生產電動車的公司嗎？」

沒錯，然而他們實際上正嘗試多角化經營。你問我怎麼會知道？我是蘋果和特斯拉的股東啊。單憑薪資所得沒辦法過上充裕的生活，所以我開始投資股票。

我也認為不能只靠書店經營和寫作維生，於是開始培養各種興趣，積極增加收入管道。

一想到我每天的煩惱，不只是一間小店老闆的專利，就連知名CEO也有同樣的煩惱，心裡就輕鬆了不少。雖然我的煩惱沒有立刻減輕，不過我想這就是掌管生計的宿命吧，即便我的目標不是要把自家產品推向全世界，也不是要累積天文數字般的財產。

在寫這篇文章的同時，我又進書店網頁，檢查了九次銷售量。接著又想：「我要不要在公司ＩＧ粉專上再宣傳一本書？要不要宣傳最近舉行的活動？要不要規畫新的工作坊？還是從現在開始賣衣服？提供餐飲服務好像也不錯耶？」

最後讀完一本書，幫這本書打了廣告。我的生活，就是在工作和工作之間來回遊走。

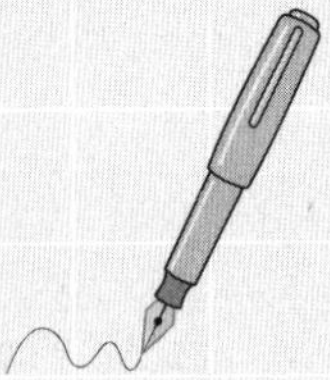

我的生活，
遊走在工作和工作之間。

18 你不在意的小缺點，遠比八個優點更致命

在離開第一間公司，歷經三個月無業遊民的生活後，我逐漸感到焦慮，覺得自己不能再這麼下去，於是開始向開職缺的公司投遞履歷。平均每兩天面試一次，面試到我的背包經常備有運動鞋，在面試結束的同時，立刻將皮鞋換成運動鞋。

某天，我一如既往去面試。沒想到只有錄取一個名額的工作，竟然有這麼多人報名，抵達面試場地，看著和我一樣處境的新人，我心想：

「我可是擁有一年經歷的人啊，呵。」

我一點也不害怕，信心滿滿的坐在等待區，這時負責人當場將問卷發給所有面試者。我還在想會是什麼題目，原來是要我們寫下自己的優點和缺點、是否在人生中創造過機會、過去如何克服危機。

大概是憑著一張履歷表和五分鐘的面試，就要選出一起工作的員工，風險非常大，所以，想利用這種特殊的方式選出優秀的人才吧。

題目要我客觀寫出自己認為的優、缺點。我想想。平時總是對自己的能力和潛力引以為豪的我，立刻就填完了優點，但是到了要寫缺點的時候，我卻猶豫了。

在這種應該要說「選我選我」的情況下，真的可以直接寫出缺點嗎？是在考驗我嗎？再三考慮之下，我還是決定誠實回答，畢竟我還有很多優點可以彌補這個缺點，於是我寫下「粗心大意」。

填完這張問卷上密密麻麻的問題後，我和同樣穿著灰色襯衫和黑色西裝的八位面試者，一起走進面試間。結束一分鐘的自我介紹，人資主管們開始快速翻閱履歷表和剛才填寫的問卷，接連丟出問題。接著就輪到我了，心臟不自覺的撲通撲通跳。偏偏人資問的，是最讓我頭痛的問題。

「您在缺點的地方寫了粗心大意，是指在工作時粗心大意嗎？」

早知道就寫不像缺點的缺點了，我太單純了。剛才在等待區做好心理建設，信心滿滿的金景熹，早已消失無蹤，我用小貓般的聲音答道。

「啊……雖然我粗心大意，但是工作速度快，可以檢查兩到三次來彌補這個缺點。」

可惜這間公司沒能看中眼前這個有點粗心大意，但是優點非常多的人才，我也沒能在面試過程中突顯八個優點，以及足以彌補一個缺點的形象。

「呿，你們做了錯誤的決定！這是你們的損失！」

之所以忽然想起過去不怎麼美好的回憶，是因為同事無法接受人事考核上面的評語，氣呼呼來找我抱怨：「沒有人像我工作這麼認真的了，人事考核怎麼會給我這麼差的評語？」

同事的業務執行能力和報告能力拿到了最低分，他說沒道理分數這麼低，又說是主管討厭他，才會故意這樣。聽他一連串的抱怨，我欲言又止。本想告訴他，沒人會因為討厭你，就故意寫那樣的評語，那只是就事論事而已。不過我最終沒有說出口，這也不是什麼光彩的事，沒必要說三道四。

這位同事工作非常認真，但是做事情不夠細心；報告寫得很認真，可惜太多錯誤，每次都被退回；操作業務上需要用到的程式時，也總是一副力不從心的樣子，卻不認為操作造成的錯誤，是因為自己能力不足。

聽到主管要自己準備好再來，只會抱怨主管：「為什麼那麼敏感？」雖然工作認真，但是粗心大意，造成不少失誤和錯誤；缺乏操作工具的能力，也從沒想過要努力加強。

他完全不知道自己的缺點在哪裡，對於他人給予的建議，也只當是牢騷，覺得自己受到不公平的對待。

＊＊

我六年前在面試時，看見要我寫下缺點的題目，可以那樣單純寫下自己的缺點，是因為我虛心接受上一份工作中，主管對我說的話不帶任何惡意。

「景熹，妳做得很好，只是不夠細心。每次都會漏掉一、兩個地方，或是犯一些錯誤喔。」

一開始我非常緊張，趕忙回答：「是！」第二次聽到同樣的話，我心想：「又不是太大的問題，會不會太嚴苛了啊？」直到我再次因為粗心大意而被糾正時，我才發現自己一直受到同樣的指責，頓時覺得不妙。

下屬犯同樣的錯誤，主管生氣也是情有可原的，不過我的主管總是心平氣和的對我說：「處理完業務後，記得一定要再檢查兩次喔。」感謝主管準確指出我的錯誤，甚至還教我彌補過錯的方法，我才沒有情緒性的看待主管的提醒。

當然，那句話並沒有讓我脫胎換骨，變成一個做事謹慎的人。江山易改，本性難移。我有時候依然會粗心大意，但是我懂得最後再檢查一、兩遍，盡可能減少失誤的頻率。**了解自己的優點固然重要，不過認清自己的缺點也很重要，有時一個缺點，遠比八個優點更加致命。**

當我們懂得為對方的缺點提供建議和回饋，而不只是列舉對方的缺點，同時，懂得欣然接受他人的建議，藉此反省自己，那麼在這個過程中，自然而然就能培養出工作的能力。

有時，一個缺點，

遠比八個優點更致命。

19

因小見大，履歷表別再複製貼上

過去五里書坊決定招聘除了我以外的新員工時，可說是冒相當大的險。因為我每天、每個月都在煩惱銷售量，再怎麼敲打計算機，依然束手無策。而且招聘一個人，不只是支付一份薪水這麼簡單。

在韓國，假設一個人的月薪是一百萬韓元。通常薪資裡包含了勞工和雇主（公司）必須共同負擔五〇％的四大保險[8]。勞工領到的薪資，已經扣除相當於薪資一〇％到一五％的四大保險費，而雇主必須支付同等的負擔金。

假設保險費是薪資的一〇％，勞工拿到九十萬韓元（不含扣繳稅額），而雇主必須支付薪資加上保險負擔金，共計一百一十萬韓元。這還沒結束。

如果勞工提供一定期間的勞務後離職，雇主必須支付離職金，通常是以最近三個月的薪資為基準，給予一個月平均的金額。假設滿一年後離職，離職金為一百萬韓元。

綜合考量薪資、保險負擔金和離職金，等於雇主每個月的支出差不多一百一十八萬韓元。如果再算入聘僱員工需要的辦公桌、電腦等零碎的附加費用，相當於需要準備超過每個月薪資的金錢。

即便如此，我們還是決定聘僱員工，這是為了有更好的發展，為了讓書店經營得更好，也為了達到加乘效果。即便生活已經過得不容易，還是要為了更好的未來，選擇更辛苦的生活……。

寫完業務內容、工作條件後，我放出招聘消息。才上傳不到兩個小時，瀏覽量立刻一百、兩百、三百的往上增加。翌日，對招聘消息感興趣的人依

8 譯註：韓國四大保險指失業保險、醫療保險、工傷保險、國民年金，一般只有公司所屬員工，才會加入四大保險。

然不少，只是我連一封附加履歷表的信都沒有收到。

工作期間一有空，我立刻檢查信箱。仔細想想，願意應徵這間員工不到五人，只有老顧客才知道的小書店，恐怕不是容易的事。人心本是如此，既然要工作，肯定會想選人盡皆知的公司吧。再加上給的薪水也不多……。

我衷心期待彼此志同道合，能一起奮鬥打拚的人來應徵，也想過如果沒有合適的人，這次就不招募。每天要相處八個小時、每週見面五天的人，如果彼此氣味不相投，那是多麼痛苦的事啊，我想盡可能降低風險。

就在我半放棄之餘，收到了一封郵件，這是第一封求職信。在上傳招聘消息的兩天後，書店收到第一封求職信，接下來求職信不斷湧入。

我點開標題寫著「應徵貴公司」的信件，開始一封封讀了起來。然而奇怪的是，打開信件不到三秒，我就能知道這封信的主人會收到面試邀請，還是會收到拒絕信。

長輩們常說「因小見大」，我總想問只看小事情，怎知大問題，而且怎麼能只看一個人的一面，就判斷這個人？不過我錯了！確實可以因小見大。

應徵信分為兩種類型。第一種類型是在信件內自我介紹，再附上履歷表。通常是簡單說明自己提交的文件，順便宣傳一下自己的優點。在說完自己開朗的性格、積極變通的態度後，以簡單的問候總結；第二種類型是什麼都沒有，空無一物。信裡沒有正文，整封信只有附件的履歷表。

「會不會是寄信的過程中出了什麼錯誤？」

「可能是不小心清除了信件內容吧。」

「沒關係，反正重要的是履歷表和個人資料嘛。」

我整理好心情，不想從過於片面的表現來評論一個人。「如果就這樣妄下定論，肯定會覺得很委屈吧？無論是期待進公司的應徵者，還是想尋找優秀人才的我，都是一樣的。」

然而打開附件檔案後，很可惜的，我所想的沒錯，這份履歷表，完全是複製貼上求職網站上的履歷表。履歷表格式雖然大同小異，但是這樣直接複製貼上，不僅連行距和字句沒有修改，連版面設計都一堆問題的履歷表，怎麼可能會讓人喜歡呢？

不過，我也不是沒有那麼做過。我曾做好一份履歷表，一次發給數百間公司，甚至還把公司的名字寫錯。因為一天得寫數十份履歷表，寫到連我要應徵什麼公司都不知道，只是忙著盡快寄出履歷表。

還不只是這樣，我寄信的時候也經常寫錯。最近因為有合作活動，和某間公司經常書信往來，我還把「合作活動」寫成「和作活動」，就這麼寄出去了。我這樣的行徑，和寄信沒有任何問候，只有履歷表附件的應徵者，其實沒什麼不同。

因為光從業務信件都會出錯來看，我也可能被認為是「粗心大意的人」、「急著處理完工作的人」。好在我的情況還有彌補的時間和機會。未來在工作中，如果能在其他方面表現出專業的形象，對方或許會認為我「是個工作認真的人，只是偶爾犯個錯誤而已」，對這個錯誤一笑置之。

不過可惜的是，招聘的時候不會輕易給應徵者彌補的機會。因為沒有時間好好認識彼此。或許大多數的關係都是如此吧？只看彼此的片面表現，再從這個片面表現來評論對方。

終於來到受理報名的截止日了。雖然不知道最後會和誰一起工作，不過我已經準備好回覆信件了。

一封是面試拒絕信，開頭會寫：「感謝您的應徵，很遺憾的告訴您，本公司無法邀請您來面試。」另一封則是面試邀請信。不知道究竟會和誰一起工作呢？

大多數的關係，
都是只看彼此的片面表現
來評論對方。

20 表面輕鬆的工作，背後有不為人知的辛苦

如果追蹤ＩＧ上聊書的帳號，對他們的貼文按讚，就一定會在「為你推薦」名單看見，跟書有關的作家、讀者、出版業界人士等。

某天，我一如往常滑ＩＧ殺時間，忽然看見一則只有簡短文字的貼文，就收穫超過兩萬個讚的陌生帳號。該篇貼文的背景是非常漂亮的風景照，照片上有作者自己寫的短文，下面是一連串「深有同感」的留言。

後來，又不時出現作者發的禮物認證照，寫著「感謝今天在光州遇見的朋友們」。出於好奇，我決定一探究竟，才知道是作者的百貨公司演講廣告、演講後記和感謝文。我也算閱讀過一些書的人，不知道這個人到底是何

方神聖，怎麼會巡迴百貨公司演講呢？

仔細想想，百貨公司是去花錢的地方，為什麼會在百貨公司演講啊？原來是百貨公司因應時代的改變，為了留住二十到三十多歲購買力強的客群，特別強化百貨公司藝術中心的功能。

說到百貨公司藝術中心，我總覺得是父母帶小朋友一起享受時光的空間，不知從何開始，也出現了書籍座談會活動。書籍座談會？難怪我在IG上面看到的作者，不是去百貨公司花錢，而是去賺錢的。原來還有不輸張允瀞、宋歌人[9]的活動女王，在全國百貨公司巡迴演講賺錢啊，而且這個人的身分還是作家！

在這個驚人的發現後，又過了一段時間。某天，一如既往抱著筆電工作的我，點開了一封不久前寄來的信。信件標題大喇喇寫著「○○百貨公司」。我正想：「我也不太去百貨公司，會是廣告信嗎？」點開一看，我的天啊！是某間百貨公司分館邀請我演講的信。百貨公司？演講？等等，這是怎麼回事？

我毫不遲疑的答應了：「可以的，感謝您。」回覆對方後，對方立刻回信。問我如果其他分館也有意舉辦演講的話，是否可以整理好再聯絡我。天啊，這是怎麼回事？還以為是單次的演講，想不到事情越來越「大條」了。

這個上門的機會非抓住不可，於是我回覆對方「知道了」。後來我才知道，原來是百貨公司某間分館的學術主管是我的讀者。感謝這名主管欣賞我的書，並且追蹤了我的IG，後來才提出課程的邀約。

這是我從沒想過的機會。什麼交通方式、日期、位置，我想都沒有想，直接答應。於是那年，我從光州出發，開始巡迴全國演講，不僅是火車、公車和計程車，我還搭上了飛機。

那時我準備得相當認真。每場演講都是當天來回，在我結束仁川到光州、仁川到金海的旅程後，帳戶裡的錢也一點一滴的增加。一個精心製作的書本內容，竟能帶來如此巨大的力量。

9 兩位皆為韓國女歌手、主持人。音樂風格為韓國演歌（Trot），多在韓國地方活動，並享有相當高的人氣。

且不斷重複談相同的內容，也鍛鍊了我演講的實力。起初準備好欲發表的資料後，我會另外寫演講稿，努力記在腦海裡，後來即使不看螢幕也沒關係，我可以不著痕跡的確認時間，也能看著聽眾的眼睛侃侃而談。

不過，我卻無法得知聽眾的想法。只要坐在我面前的聽眾，嘴角沒有上揚三十度以上，我就會開始感到自責。有的地方聽眾反應特別熱烈，也有的地方聽眾反應特別冷淡。

同樣是九十分鐘的演講，有時候演講結束，我會得到滿滿的能量；有時候演講結束，我卻像是消耗了整整三天的力量。某次課後，我真覺得「今天課程毀了」。一路上我不斷安慰自己，說這種情況難免會發生，結果回到家後，收到一則IG私訊。

金作家今天的演講好棒喔！

這類訊息總能帶給我無比的力量。另一方面，我心裡也不禁小小抱怨：

「如果真的那麼好，好歹給我一點反應嘛。」儘管有各種無法控制的事情，造成我不小的壓力，不過我沒有停止全國巡迴演講，一個月少則四次，多則十二次，讓我帳戶裡的錢不斷增加，這些錢多麼甜美。

不過凡事有好有壞。同樣的題材換不同場合講，雖然減少了每次都得準備的負擔，不過我逐漸感到無趣。這時，我終於理解人氣歌手的心情。人們總以為一首歌紅了，就能靠這首歌海撈，卻沒想過歌手得在各個活動唱數千遍同樣的歌，心裡會有多麼厭倦。

而且，我逐漸發現了自己的極限。對三十個人演講和對九個人演講，完全是不同層次的事。來了一位聽眾也好，來了百位聽眾也罷，我的演講費都是一樣的，不過我的心情不可能相同。

我也遇過幾次分館因人數不足，只能取消演講的情況，接到取消電話的那天，我整天都無法打起精神。滿腦子都是自己還有很長的路要走的想法，以及莫名的挫敗感。臉色差到就算有人問我和誰吵架了，我也答不出來。

經過一個月、兩個月後，我開始感到乏力。每週五天在書店工作，偶爾請半天假，趕赴晚上的演講；假日則是前往其他縣市演講，有時候甚至一天要跑兩場演講。

當時一天的開始是這樣的：凌晨三點睜開眼睛，三點三十分離開家門，好不容易招到一輛從仁川前往首爾站的計程車。計程車奔馳在空無一人的楊花大橋，向首爾站前進。

首爾站內，只有麥當勞迎接我的到來。解決一餐後，我搭上前往昌原的KTX，列車抵達，我從夢中醒來，再次搭上計程車前往百貨公司。結束演講後，再搭上客運前往馬山。

抵達馬山，結束演講後，再次回到首爾，接著花一個半小時抵達仁川。回到家，我已經累癱了。心裡這麼想著：「就算那樣，一天跑兩個地方，辛苦還是有代價的。」一邊沉沉入睡。

曾經有人看著常跑各地百貨公司演講的我，用羨慕的口吻說「這是全國巡迴耶，全國巡迴」，其實背後的真相是這樣的。只是我沒有說出來而已。

我有時會想，我所羨慕的那些人，或許也有自己不為人知的一面吧。

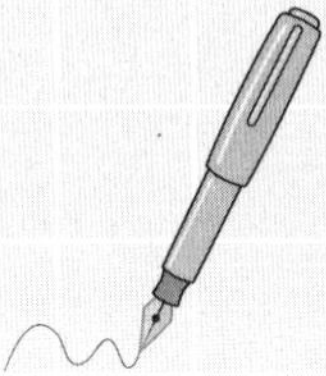

我所羨慕的那些人，
或許有我不為人知的一面。

21 經驗需要時間和金錢，不是所有人都能尋找自己喜歡什麼

我終於成為巡迴全韓國百貨公司演講的人。起初覺得非常神奇：「怎麼會有這種邀約上門？」不過這份工作卻越做越大。

就在秋季課程順利結束後，各家分館紛紛邀我繼續冬季課程的演講，主題當然是新的。由於秋季課程走訪了超過十個地區，感到體力嚴重透支，因此在秋天即將結束之際，我也想過「實在太累，沒辦法繼續下去」，卻無法立刻拒絕。

能夠收穫、累積和讀者直接見面、溝通的經驗，並非主要的原因。讓我不辭辛勞堅持下去的，是帳戶裡增加的數字，以及搭乘火車四處奔走，在過

程中享受的出差滋味。

一點一滴累積的財富和搭乘火車出差的滿足感，讓我以為：「啊，現在我也是大人啦。這不是只在電影裡看過的情節嘛。」於是，我的想法從「實在太累，沒辦法繼續下去」，轉變為「不過是身體累一點而已嘛」。

因此，我答應了冬季課程的邀約，所以得構思新的演講主題才行。不能是寫作也不能是獨立出版，而是全新的主題。「有什麼主題，是我能好好發揮的呢？對於那些花費時間和金錢來聽我演講的人，我能提供什麼微小的幫助嗎？」

於是我訂出了這樣的主題——「職業和喜愛的工作：我們生存下去的方法」。我打算談兩次的入職和離職、創業，以及成為作家，在書店工作餬口的旅程。

我不僅擁有職涯規畫師資格證，還有就業相關的經歷呢。雖然我不是多麼偉大的人物，但是也足夠談論這個主題了。我一路走來的千辛萬苦，終於撥雲見日了。「果然任何事都不會是沒用的經驗！」我開心的準備起演講。

演講緊接著開始。職業是什麼？我是怎麼跌跌撞撞，直到找到現在的職業？我還為職業和工作定義，告訴聽眾如何找到喜愛的工作。我太滿意了，演講最後，我慷慨激昂的說：「所以，各位必須親身經歷才知道。如果不動起來，只是坐著思考自己喜歡的工作是什麼，這是沒有任何幫助的。」

不知道的人，還以為我是什麼美國知名的自我成長導師呢。因為我一副神氣的樣子，偶爾面帶笑容，說得頭頭是道。

就這樣，我繼續用同一套說詞，轉戰首爾、大田、大邱、釜山等地。「我這傢伙真了不起。」我得意洋洋的搭上釜山出發的夜車，準備打道回府。深夜從釜山開往首爾的列車上，只有小貓兩、三隻，我雖然滿身疲憊，卻怎麼也睡不著，只好呆呆望著窗外的風景。

這時，一個想法忽然閃過：「我當時到底在說什麼啊？」

時間回到一星期前，那時演講結束，正進行提問。突然冒出了這個問題：「像金作家那樣找到喜愛的工作，又能賺錢的生活，是怎麼辦到的呢？我好累喔。每個月要給父母生活費，還要還就學貸款……。」

那是我不曾經歷過的生命重量。既然是問我該如何辦到，我當然沒辦法回答：「我也不知道耶。」無論如何都得回答這個問題，然而我脫口而出的回答，卻是：「啊……是呀。您一定很辛苦。都很辛苦。沒錯。」之後問題怎麼收尾，那個人的表情又是如何的，我已經記不清楚。

我一如往常回答完問題，然後忘記。但，這回憶卻忽然浮現，讓我開始懷疑自己到底在說什麼，我是否真有資格在眾人面前如此高談闊論。

我不知道。我不知道有人連試著尋找喜愛的工作，都是一種奢侈。對於在父母家安身立命的我而言，沒有當下無處安放我這具軀體的憂慮，也不可能餓死。我之所以能經歷兩次的離職和創業，不是因為我有勇氣，而是我就算做了那樣的選擇，甚至那樣的選擇失敗，我所承受的風險也並不大。

經驗需要時間和金錢。不是所有人都能尋找自己喜歡什麼、自己擅長什麼。至今為止，我就像在寒冬中穿著一件百萬韓元的大衣，到處對那些穿著兩件單薄的夏衣，忍受著酷寒的人說：「不要因為寒冷就瑟瑟發抖。你們要動起來，要去嘗試。」

有些聽眾回饋說我的演講很有幫助，讓他自己獲得了勇氣，也有聽眾說自己開始寫作，終於出了書。但是我的心情依然沉重。

在漆黑的夜晚，我坐上火車前往首爾，再從首爾站下車，搭計程車回到仁川，一路上想的都是這件事。我拿著還算優渥的演講費，在別人面前高談闊論。或許我以自己的人生為標準並給他人意見，四處宣揚，本身就是一件狂妄自大的事吧？

不過，這件事並不足以讓我停下日常生活的腳步。因為到了隔天，我依然忙著規畫行程、預訂車票。

＊＊

在冬天的尾聲，我拒絕了接下來春季課程的演講邀約。因為我演講的那席話，讓我感到很吃力。我一邊想著如果接下演講，帳戶內將會增加的餘額，一邊做各種考量。

對某些人而言，我的一席話可以帶來幫助，可以帶來機會；然而對另一些人而言，我的人生、我所說的話，也可能讓他們感到挫折。一想到這裡，把聽眾聚在一起聽我演講的場合，頓時讓我備感壓力。這些話既無法收回，也沒辦法按下刪除鍵。

之後，我只接少量的演講，很多時候本想拒絕，一想到演講費，只能答應下來。看似簡單，其實相當困難。日後即使是寫作或編書這類傳遞知識的演講，我也盡可能不以自己的人生為標準並給他人建議。賺錢，或者承擔我說過的話的重量；帶給他人幫助，或者帶給他人挫折，都是我演講所背負的兩難。

經驗需要時間和金錢。不是所有人都能尋找自己喜歡什麼。

第三章

不想被工作甩掉的應變之道

22 斜槓就像開餐廳，我不斷開發新菜單

記得剛開始拿到「上班族」的頭銜，做到自認為對業務熟悉後，我立刻對工作感到厭倦。雖說如此，我的工作表現也不是特別完美，甚至經常犯一些小錯。但是，我再也不想耗費精力在閉著眼睛都能做、日復一日相同的工作。我的目光看向其他部門和公司外了。

最終，我離職了，第二份工作是和過去完全不同的業務。這次，我樂於學習新的業務，以至於我認為「這個工作很適合我耶？該不會是我的天職吧？」可惜的是，我依然堅持不到兩個月，又開始感到厭煩了。

可是我覺得不能再這麼隨便離職了，只好繼續待在同一間公司。另一方

面，我也懶得離職，於是開始出入隔壁部門。當我有意調換部門的想法被發現時，得到的回應只是「別想那些有的沒的，趕快工作」。

難道我得繼續過上這樣的生活嗎？在我心情鬱悶，煩惱未來該怎麼過活的時候，朋友們在第一間公司都升遷了。

「不覺得煩嗎？怎麼可以在同一間公司工作五年啊？」

「就那樣繼續做下去啊。」

得到「連續五年做同樣的工作？」這種回饋時，我心裡總會浮現一絲憂慮，「我也沒有特別擅長的能力，如果一年換二十四個老闆，只會讓履歷變得更亂。再說，我看起來也沒有耐心，似乎心總是向著公司外面。」

正當這樣的憂慮越來越強烈，已經到了想大喊「我的人生該怎麼辦？我不能這樣下去！別人都能堅持下去，為什麼我不行！」的時候，朋友給了我一組電話號碼。

「這裡算命準到我嚇一跳。妳也去算看看吧，費用是五萬韓元。」

於是我光速撥打電話，預約好時間。算命當天，我來到一棟破舊建築物的三樓，我往大門「叩叩叩」敲了三聲，只見一個人走出，帶我到房間裡坐下。接著，這個人忽然說出昨晚我和媽媽一起看電視時說過的話。

咦？這怎麼可能？媽媽對我說過的話，眼前的人究竟是怎麼知道的？正覺得真是神準的瞬間，老師對我說：

「妳是來問工作的吧。」

聽到這句話的當下，我覺得我終於見到了，我不辭辛勞尋找、能幫我解惑的高人。

我一股腦把自己的事情全說出來，說我沒過多久就覺得工作無聊、厭倦，經常打其他工作的主意，然後開始抱怨，說自己賺的錢也不是特別多，可是每間公司的工作量都多得嚇人，說自己壓力好大。

或許是初次見面，我才會那樣吧？過去我沒辦法向任何人袒露的模樣，完全釋放了出來。老師閉上眼睛，一手搖晃著寶杖，一邊對我說：

「妳命裡有很多職業。通常一個人會有三、四個，妳有一百個。」

我絕望了。看來我是沒辦法安定下來，只能一直換工作到死了啊。別人常說什麼一萬小時的法則，說只要專注在一件事情上，就可以成為專家，我就別妄想成為專家了，我只能在各家公司之間流浪了。

我不知不覺輕輕嘆了一口氣，這時老師接著說：「每個人都有自己與生俱來的職業。有的人天生是炸醬麵店廚師，有的人是日本料理店廚師，有的人是韓國料理店廚師。但是妳天生是開自助餐廳的人，會做炸醬麵，會切生魚片，什麼東西都會。」

自助餐廳？我是什麼東西都會的人？原來我不是沒有耐心，而是會做的事情太多，所以什麼事情都想嘗試看看啊。老師又說我工作上手很快，天生有工作的福氣，所以工作熟悉到一定程度後，就容易感到厭煩。

進入職場生活後，我便開始四處算命。因為有太多脫離常識的不合理情況，而總是想著逃離公司的我，也沒辦法給出好的答案。在那段青黃不接的歲月，一句「妳是注定開自助餐廳的人」，讓我獲得了安慰。

有朋友笑著問我：「妳真的聽完算命師的話，覺得自己頓悟了喔？」也有朋友說那位算命師似乎很神，跟我要了電話。

「今年不行，明年再辭職。」我乖乖聽算命師的話，把準備交出去的辭呈放進碎紙機裡。我帶著輕鬆的心情繼續上了一陣子班，接著在隔年提出辭呈，之後過了三年，那段時間我積極累積各種經驗，為了「開自助餐廳」而努力。

我學做麵包，也學作詞和作曲。不僅如此，我還挑戰了手寫字、設計程式和園藝，並從中確定了一件事，這些事情不會出現在我自助餐廳的菜單裡，實際體驗過，才知道這些都不是可以賣給客人賺錢的菜單。

反正先做再說，不行就算了，也不必留戀，這樣就是很珍貴的經驗了。

如今，我在不同的人生之間來回，有經營書店的老闆、寫書販售的作家、教授書籍編輯課程和演講的講師、書籍座談會的主持人。

自助餐廳一角的韓國料理區，是我目前兢兢業業經營的方向。現在我也打算開闢中餐區，將眼光放在各種目標上。我不知道哪些事情會成功，也不得而知。如果有人掛出「三十年傳統手打炸醬麵」的招牌，專心當一名手打麵廚師，那我就是有三十年傳統的自助餐廳經營人。

我不斷開發新的菜單，雖然不是三十年專家的滋味，但是絕對可以得到顧客「人間美味」的稱讚。我非常喜歡作為自助餐廳經營人的人生，對於好奇心旺盛的我來說，不正是最合適的工作嗎？

雖然現在的工作難免會有厭倦的時候，不過，我不再像二十多歲時徬徨，未來還有九十個職業等著我呢。今天也要好好觀察自己又看上了什麼目標，並且不斷去嘗試，這都是為了經營好一家自助餐廳。

今天也要好好觀察自己
又看上了什麼目標，
並且不斷去嘗試。

23 維持工作和生活的平衡？沒這回事

在過去的某一天，我下班後和朋友見了面，一邊吃晚餐，一邊說起當天公司發生的事情。「那個人瘋了吧？」我正說到激動處，朋友冷不防說出：「都下班了，妳怎麼還在講公司的事？」

坐在我身旁的朋友，忽然看起來像個外星人。我心想：「這傢伙是工作到精神不正常了嗎？下班後不談公司的事，如果得憂鬱症怎麼辦？」朋友繼續說道：「下班後，我壓根兒不去想公司的事。把開關整個關掉。我會去KTV、看書，做自己想做的事情，度過屬於自己的時間。」

竟然會有這種人！一天有一半以上的時間是上班族，而在下班的同時，還能立刻切換身分。我的朋友真的擁有非常了不起的能力。

那時我一天的生活，是從一早起床，喊著：「哇，要趕快去上班了。今天要做什麼工作呢？」開始，進公司後瘋狂處理業務，下班後罵公司，然後進入夢鄉。表面上雖然是星期一工作到星期五，一週工作五天，每天九點到六點，不過事實上除此之外的時間，我依然和公司緊密聯繫在一起。

可是我眼前的外星人，不對，是朋友，竟然能擺脫工作的侵蝕，在生活中自由切換上班族和一般人的身分。

大概過了五年吧？無論是電視、YouTube，還是書籍，全都強調將工作和生活分開的重要性，呼籲人們掌握工作和生活的平衡。奇怪，這到底是怎麼回事？是所有人都過著那樣的生活嗎？我想起五年前被我當成瘋子的朋友，難道那是超越時代的想法嗎？

大家都說「工作和個人生活必須達到平衡」，那麼其他人是怎麼取得平衡的？我越想越覺得好奇。根據我的觀察，每個人都有不同的平衡模式，不過身分認同是很明確的。工作時，是個完完全全的勞動者；下班後，則是純粹享受著自己喜愛的事物的普通人。

一位朋友週五下班後，原則上一定會去旅行，所以每週有兩天以上過著旅行者的生活。看著朋友的模樣，我心想：「哪來這麼多體力？不會想休息？如果放假兩天，至少一天要在家好好休息，下週工作才不會太累啊。」

就算是休假日，我也沒有忘記自己身為「奴隸」的本分，努力調整自己到最適合工作的狀態。再說每到下班，我的精力已經消耗殆盡，根本談不上什麼平衡的生活。

＊＊

我很羨慕那些把工作和生活分開的人，但是要過上一刀兩斷的生活，並不容易。只要用一臺智慧型手機，就能立刻處理業務，空間和時間的侷限已經被完全打破。

我想盡快完成工作，也想把工作處理好，因此，工作和生活的平衡對我而言太遙遠了。我的日常生活和工作沒有區別，而這樣的生活再加上寫作，根本不可能取得平衡。

我三百六十五天都和筆電在一起。即使都已經出來旅行，看著濟州島蔚藍的大海，感嘆「哇，這才是生活嘛。這麼悠閒真好」，我依然打開筆電，驚呼：「啊，對了！那個檔案三點前要交出去耶！」

這種時候，朋友總是會對我說：「何必活得那麼累？來到這裡還要工作？」我多麼鬱悶啊。我無法將工作的我和不工作的我一刀切開，其實我也沒能力那麼做。

這種生活確實不好。就算是機器，也得偶爾關閉電源，讓機器休息一下再運作，區區一個人類，不可能一整天都在工作，我也需要平衡。但是我沒辦法只在星期一到星期五、早上九點至晚上六點工作，並追求工作與生活的平衡。

對我來說，二〇一六年離開公司後，朝九晚六的生活再也沒有意義了。當然，我依然羨慕那些能在每天固定的行程內，達到預期平衡的人；羨慕他們在假日休息，在上、下班時間內工作，其他時間則自由自在的生活。

這對整天抱著筆電，三百六十五天、二十四小時處於工作狀態的斜槓人而言，是多麼令人羨慕的生活。雖然斜槓的生活也有優點，不過還是免不了羨慕別人。但是那又如何呢？**為了賺錢，不只做該做的工作，隨著想做的工作和想求好表現的工作比重逐漸提高，對工作的定義也隨著改變。**

經過一連串的失敗和嘗試後，我終於找到了工作和生活的平衡，這個平衡非常符合我個人情況。首先，我不用固定的時間來區分。

有時候，我可以從星期一到星期日每天連續工作十個小時，但偶爾利用一天的時間，在YouTube上一口氣看完兩部二十年前的情境喜劇；有時，我可以遊手好閒七個小時，再利用睡前兩個小時將累積的工作做完。

或者有時候我設定在二十分鐘內，坐下來專心寫稿，再利用四十分鐘休息；有時候在上班前或休假日，到附近的咖啡館度過一個人的時光，留給生活喘息的空檔。

韓國有五千萬的人口，**每個人取得工作和生活的平衡方式也不盡相同，建立好自己工作和生活的平衡系統，就不會被周遭傳來的耳語動搖。**按照別人的方法做有什麼特別的？想要模仿別人？那就看看吃播，照著吃播的菜單點一輪來吃就好啦。

我不是個玩樂時玩樂，工作時工作，做事有條不紊的人。所謂的工作，就是不會只在工作時間內結束，在工作以外的時間，也對我們造成許多影響。工作的我和不工作的我，終究是同一個人。

當然，我們偶爾也會抗拒工作，想逃得遠遠的，也會對新的生活懷抱夢想，不過只要休息一下，情況就會好轉，再說沒有工作的生活，會有多麼無聊啊。我以後的生活，一樣會在工作中三心二意，在三心二意中專心工作，一直下去！

建立好自己和生活的平衡，
就不會被周遭的耳語動搖。

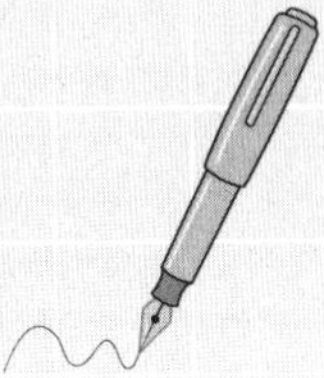

24

憎恨和嫉妒，都能讓你成功

我想做的事情非常多，像是讓工作表現更好的學習、增強體力的運動、似乎除了我以外所有人都在做的YouTube、閱讀喜歡的書，甚至是寫新書，不過很可惜的是，我的體力只夠勉強完成其中一項而已。

就算那樣，我也不能放棄，至少在一天結束之前，我非得完成一項不可。於是下班後，我趕緊坐在書桌前，接著抓起手機，霸氣宣示「只滑五分鐘」。結果YouTube吃播看了三十分鐘、IG滑了十五分鐘、推特十分鐘、即時熱搜和新聞瀏覽了十五分鐘，消耗完僅存的體力後，才走向床邊。

躺下來後，我依然用著指尖殘存的微弱體力和頸部肌肉，觀看中國粉條吃播，然後眼睛瞄向時鐘，開始計畫。

「現在是一點，假設八點起床，等於睡滿七個小時後，就要立刻起床工作了……呼。」

八點鬧鐘響起。我雙手在床上摸索，找到了手機。本該執行臉部辨識的手機，今天依然無法辨識我一早起床的臉，臉部辨識兩次失敗後，我才輸入密碼，關掉鬧鐘，滑了一下手機。

好不容易起床，不能再繼續睡了。我用睡眼惺忪的雙眼盯著手機螢幕，手指點開ＩＧ。其實不看也沒關係，但我非要在大清早滑ＩＧ動態，沒想到好友的動態映入眼簾。

「我又要出書囉。」

要形容這位好友的話，就是一邊在公司上班，一邊每年出書，少則一本，多則兩本的勁量超能量電池。上一本新書出版似乎還不到六個月，現在又要出了！「都不用睡覺的嗎？沒有一點個人生活嗎？還是一天有三十八個小時？沒錯，只有我是一天二十四小時啦！這不是真的！」想法接二連三冒出，我猛的從床上起身。

雖然想再多耍廢三十分鐘，但是我立刻走向廁所。「那個人已經出了幾本書啦？目前為止我都在幹嘛？該減少睡眠時間嗎？」洗澡時，多虧不斷浮現的想法，讓我清醒了許多。

從幾天前開始，我下定決心要完成所有我想做的事，於是用盡一切努力早起。也想過不要睡得太暖，等睡到一半冷醒，或許就能早點起床，所以我睡前打開窗戶，刻意不蓋棉被睡覺。不僅如此，因為滑手機占去了我太多時間，我決定睡前把手機放在客廳。

然而天不從人願，我晚上還是起床調高暖氣溫度，又走到客廳去找手機，非得確認一下時間。在經過連續幾天的失敗後，我終於成功早起了，這個祕訣在於嫉妒。

最後，我確實完成了幾件想做的事情。因為洗完澡後，我立刻背起背包趕往咖啡館。之前一直期待的學習、想讀的書、想寫的稿子，全都在兩個小時內迅速處理完畢，可以說是非常成功的一天。不過也只有一天而已，嫉妒的效果無法堅持超過一天。

憎恨一個人也會消耗能量，所以我盡可能不那麼做，不過「**沒想到嫉妒也能成為生命的原動力！**」這話可不能到處宣揚。各位，我的度量只有醬油碟子的大小，不肯輕易為別人的成就加油打氣，也經常拿別人和自己比較，用來激勵自己。

想像一下，我做了所有想做的事情，其中有一件事大受歡迎，我因此成為了有錢人。如果有人問我：「妳的成功祕訣是什麼呢？」我的回答是：「當然是嫉妒，嫉妒讓我所向無敵。」嘔！光想就覺得糟透了。

換個想法吧。只要做到為別人的成就獻上祝福，同時自己也從中獲得刺激或是告訴自己：「啊，現在不是該做這些事的時候了。該從床上爬起來了吧？讓時間過得更有意義吧！」這個程度就好。

正向的刺激和嫉妒經常是一線之隔，所以欣然接受嫉妒的情緒吧。只是最好堅定決心，別因為嫉妒耗費太多的精力。

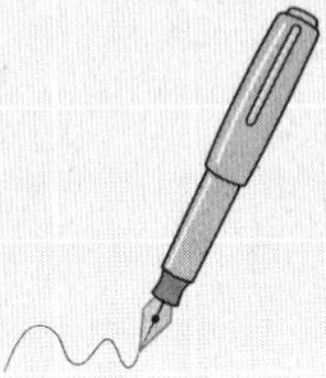

我經常和他人比較，
以激勵自己。

25 想做的事與該做的事，怎麼取捨

真羨慕您可以做自己喜愛的工作，還能賺錢。我也想過上那樣的生活。

自從四年前出版第一本書，到目前為止，這句話我已經聽過兩百七十八遍。一個喜歡閱讀、寫作的人，能在書店賣書，也寫書賺錢，這句話確實說得沒錯。

起初聽見這樣的話，心裡還有些得意。因為我認為在這些連自己喜歡什麼都不知道，只是在被日常的事務追著跑，生活無限循環的人當中，自己的人生算是成功的。

不過，經濟上的富裕並沒有隨之而來，但是我安慰自己，至少我還處於相對成功的情況，讓自己安心不少。所以我的回答是：「沒錯，我做自己喜愛的工作賺錢。」但是，如果有人問我現在是否還那麼想，我希望把至今說過兩百七十八次的回答，收回。

但是那些話不知道已經傳到什麼地方，沒辦法收回。所以我只能再加上一句：「話是這麼說，不過為了能做自己喜愛的工作，該做的工作還是要做。**喜愛的工作偶爾也會讓人厭倦。**」

當年十一歲的我，既沒有特別突出的表現，個性也較為內向。那時，遇見了每天三十分鐘早自習讓我們寫童詩的導師。導師在墨綠色黑板上寫下題目後，所有人都必須寫童詩，老師會從當天全班同學寫的童詩裡選出一首，在放學時間朗讀。

那天也一如往常，我還想著放學後要去買辣炒年糕來吃，沒想到老師朗讀的童詩，竟然是我早上寫的那首，我心裡不知道有多麼開心。雖然其他同學都忙著收書包，吵鬧著準備回家，專心聆聽老師朗讀童詩的人，除了我沒有別人。不過這件事讓向來在學校可有可無的我，感受到自己在這座學校的存在感。

之後，我多次參加沒有人願意報名的作文比賽，每次都抱得獎項。也許是因為這樣，對我而言，寫作是獲得肯定和樂趣的行為。於是，我在日記本、部落格、記事本上寫作的時間越來越長，經過十年多的歲月，最終成為一本書。多麼有趣啊！我書寫的文字集結為書本，而人們閱讀我的作品，產生共鳴。

＊＊

但當寫作成為一項工作後，逐漸成了我的負擔。當我開始用文字交換金錢，閱讀我作品的讀者變成了一群非特定對象。我必須考量的問題越來越多，寫作這件事也不只是我個人的事情了。寫作不再是每天早上三十分鐘在自己筆記本上書寫的行為，而是和出版社負責人共同合作出書的過程。

有截稿日期、有對方的要求必須完成，而我也不希望出版社因為我而蒙受任何損失，於是寫作這件事的壓力越發沉重。寫作既不能帶來富裕的收入，也無法作為單純的興趣，更不能只考量寫作本身的樂趣。

「唉，都說喜歡的事情只能當興趣，這句話看來沒錯。」

但是又能怎麼辦呢？閱讀的時候，總想寫作，寫作的時候，又想寫得更好，而且既然要寫，又想乾脆寫成一本書。於是我開始寫作，忍受著持續不斷的痛苦，在終於完成一本書的時候，收穫內心富足的感覺。寫作正是一再重複如此煎熬的過程。

我依然熱愛寫作，不過矛盾的是，我也必須經歷痛苦的過程。在如此支離破碎的時光中，我有了這般體悟：即使是從事自己喜愛的工作，也不是從一到十的所有過程都那樣美好。只是因為喜歡的心更強烈，所以即使當中摻雜了討厭的工作和不得不做的工作，我們也能欣然接受。

我不再對工作抱持幻想。我所做的，不過是一點一滴增加自己喜愛的工作，並且為了增加自己喜愛的工作，而甘願去完成該做的工作。但是，說是這麼說，我每天依然數度失控，大喊：「哇，乾脆辭職不幹算了？我又不是要享受什麼榮華富貴！」

如果有人問我，用喜愛的寫作賺錢，何時是妳最開心的時候，我的答案不是寫作當下，而是收到出版邀約信、書籍出版時，還有最重要的，版稅入帳的時候。或許有人心裡會想：「這樣說會不會太超過了？好歹也是個作家，寫作過程中最開心的時候只有三次？」

所以我再仔細一想，還有一個，那就是偶爾靈感爆發，下筆如神的時候。此時，讀完自己寫的文章，總會感嘆：「哇，這竟然是我寫的，我真了不起！」不過可惜的是，一年三百六十五天，這種時候也只有兩天。所以從收到出版邀約信，到一本書製作完成，中間漫長的歲月大多只有痛苦而已。

大部分時間，我心裡想的都是：「我為什麼要簽約啊？這個世界上文筆好的人這麼多！我這些文字又算什麼！」、「截稿日快到了，怎麼辦？怎麼辦？要不要現在趕快道歉，終止合約？」

然而神奇的是，就算那樣，我還是能持續完成一些文字。有些是上午好不容易起床，上班前帶著筆電到住家附近咖啡館完成的；有些是下班後，一邊啜飲咖啡，一邊寫下的；而有些是壓抑著想躺在床上的欲望，堅持寫出來的。雖然在那些情況下寫出的文字，不過短短幾個字，但是只要持續書寫，就能累積可觀的文稿。

為了做好自己想做的工作，即便是我們不願意做的工作，也必須好好完成，工作的喜悅必然伴隨著痛苦。所以，為了從事自己喜愛的寫作，我再次打開Word檔，繼續那痛苦卻不得不做的寫作。

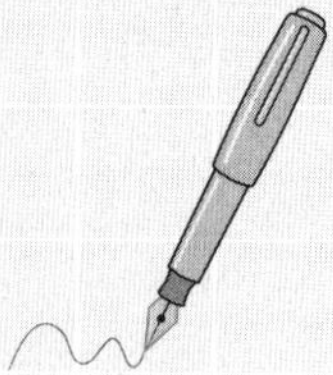

即使做自己喜愛的工作，
也不是所有過程都那麼美好。
只是因為喜歡的心更強烈，
所以就算摻雜討厭的工作，
我們都欣然接受。

26 第一間公司、第一份薪水很重要

我終於要從學生變成上班族，成為真正的大人了。我不再是工讀生，我即將領固定的薪水，過上穩定的生活了。我未來的生活將會更加廣闊，也更加富足。

帶著這些期待，我踏進了第一間公司。但是公司竟然告訴我，前三個月是試用期，月薪只能給一百萬韓元（約新臺幣兩萬一千元）。這個消息也太晴天霹靂了吧！

公司提出的條件是這樣的：如果三個月內工作表現良好，會將原本約一千萬韓元年薪調高到兩千萬韓元。剛進公司，連大學都還沒畢業的我，也只能回答：「我知道了。」

至於「公司在耍我嗎？為何又換一套說法？」這種話只能往肚裡吞。然後我回到位置上，繼續敲著計算機。

原本說好我每個月領一百六十萬韓元的月薪，不過，公司開出願意為我加薪至一百八十萬韓元的條件，前提是，要接受前三個月的試用期。

以第一年每個月領一百六十萬韓元（一百六十萬×十二個月）；和一年中的前三個月試用期領一百萬韓元的月薪，之後每個月領一百八十萬韓元（一百萬×三個月＋一百八十萬×九個月），其實年薪都一樣是領總金額一千九百二十萬韓元。

站在公司立場來看，此提議並無損失。但那三個月的試用期，對員工來說毫無保障，公司隨時可以解雇我，也不必繳納四大保險類和離職金。

即便如此，我依然安慰自己，選擇三個月一百萬韓元的薪資方案，是對自己有利的。因為我相信自己可以順利度過三個月試用期，也想過一年後仍在職場上的自己。於是拍板定案，我的第一份薪水是一百萬韓元。

經常一起抱怨「討厭讀書」、「不知道找不找得到工作」的朋友們，接連向我表示恭喜。接著用滿臉好奇的表情，問最快找到工作的我：

「薪水多少啊？」

「現在是一百萬韓元，試用期結束就是一百八十萬韓元。」

「一百萬？拿那點錢怎麼工作啊？」

第一份薪水只有一百萬韓元，確實有些可惜。這個金額就算靠打工也賺得到，但是我想才三個月，沒什麼問題。當然，如果試用期結束，薪資是兩百八十萬韓元的話最好，但是一百八十萬韓元對我是一筆不小的數目了。

而且光是成功就業的意義，還有從學生晉升上班族的身分轉變，就已經足夠了。朋友接著又問：「公司名字是什麼啊？」

員工只有二十人左右的公司，朋友肯定不會知道的。看著朋友聽完公司名字，依然大惑不解的樣子，我仔細介紹了公司和相關業務。直到這時，才算讓朋友們都了解了。但是接下來的這句話，卻深深扎進了我心裡：

「大家都說第一間公司和第一份薪水很重要，這樣真的沒關係嗎？」

在我認為理所當然受到祝福的場合，出現了令人出乎意料的問題。我不想破壞氣氛，只好用盡全力，勉強讓嘴角上揚。

我從沒想過這個問題，只覺得能夠工作、能在不景氣的情況下就業，已經夠幸運了。再加上脫離學生身分，當個領薪水的上班族，也很令人興奮。

然而在眾多準備就業的人當中，最先拿下上班族的旗幟，進入安定的生活軌道，終於鬆了一口氣的我，卻沒有開心太久。因為我無法用一個名詞或一個公司的名字，輕易說明自己所做的工作，而我所領的薪水，對某人而言不過是看不上眼的「那點錢」。

這些都讓我懷疑，自己正要開始衝刺的人生跑道，走對了嗎？而我也逐漸了解到，別人為什麼會花一、兩年的時間拚命準備就業，又為什麼願意擠破頭去搶三百比一的錄取率。

一年後，我離開了第一份薪水只給我一百萬韓元的公司，而再度就業的時候，我依然做著和前公司只有稍微不同的業務，領著沒有太大差別的年薪。這時，我又想起了朋友那句扎進我心裡的話。

「難道那句話是對的嗎？」一邊工作，卻又一邊瀏覽離職論壇的我，陷入了沉思。原來我還是沒有擺脫第一份薪水、第一間公司的標準啊。不，是我沒能力擺脫，即使一百八十萬韓元再加二十萬韓元給我，我也會輕易妥協。當然，那種情況完全不可能發生，現實是非常殘酷的。

那時我才知道自己的薪水，可能不過是某人的獎金，我可以再往上爬的世界並不多。有人在我前方二十公尺處、五十公尺處起跑，我這才知道，每個人一開始的起跑線不可能相同。

雖然我提早起跑，然而我奔跑，只是看著前方的人逐漸遠去的背影，自己跑得氣喘吁吁而已，再怎麼努力奔跑，結果也沒有任何改變。是的，我不應該想著盡快就業，早知道就多花一、兩年努力準備就業，謹慎選擇那無比重要的第一份工作和第一份薪水才對。

不過事情已經無法挽回了，我開始思考現在能做的事情——離職。反正已經看得到天花板的地方，沒必要再待下去，雖然這份薪水是維持我生計的重要手段，但是金額並沒有大到能阻礙我面對新的挑戰。

雖然起跑線不同，不過幸虧我早早起跑，手邊也存下了一筆錢。往好的方向想，第一份薪水和第一間公司並沒有限制住我的發展。我不必煩惱「我現在賺這麼多錢耶？」、「我這間公司這麼好耶？」、「當初為了進這間公司，我付出了多少努力啊？」這些問題，就能立刻做出選擇。

我決定按下人生不同的方向鍵。離職後，我嘗試過自行創業，也寫了幾本書。

人生的發展無法預期。就我現在的薪水來看，比業界的標準要高出一些，又相當於韓國受僱勞工的平均薪資，加上我還有業外收入，生活算是過得不錯。朋友們也不再過問我賺多少、做什麼工作。只是各自過著忙碌的生活，猜想彼此應該都過得不錯。

我的第一間公司和第一份薪水，並不那麼令人稱羨。也許是這樣，才讓我比別人更早探索接下來的工作吧？那些不必一一說明，單憑公司名字，就能猜測工作內容和薪水多少、跑在我前方五十公尺的人，總有一天，也會面臨探索下一個工作的時刻。

第一間公司、第一份薪水確實重要，因為那是從學生身分轉變為上班族，第一次確定自己飯碗的時刻。不過這個飯碗還能再加大，或許我們會覺得困難，但機會隨時都在。

我們該用什麼態度面對才好呢？我想每個人都會有不同的解釋，也會有不同的接納方式。

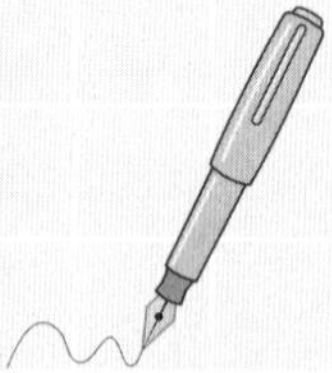

第一間公司、第一份薪水
確實重要，
因是第一次確定飯碗的時刻。
不過這飯碗還能再增大，
機會隨時在。

27 以前是我提離職，現在是員工對我提離職

一位朋友待在同一間公司整整七年。我問這位朋友：「你怎麼能在同一間公司待七年？太厲害了！」結果朋友反問我：「妳怎麼敢離職兩次？也太大膽了吧。」接著又問我：「離職的心情怎麼樣？」

離職的心情？嗯。我只是覺得沒辦法再待下去，就拍拍屁股走人了耶。朋友既然用了「離職的心情」這樣的詞彙，似乎要給對方像樣的回答才行，我開始陷入沉思。

「是我太大膽了嗎？」不是的，我心裡有戰士精神，有人敢惹我，我一定要他好看，可是我其實不喜歡爭執。那我有勇氣大吵大鬧，說「薪水多給

我一點！工作太多了！我不想跟你這樣的人一起工作！」嗎？也沒有。

我十次有九次選擇忍讓，最後一次才敢鼓起勇氣說出口。九次都是靠向同事、朋友說三道四來紓壓，不那麼做的話，我不知要怎麼堅持下去。而且，如果我鼓起勇氣說出口，對方還沒有反應的話，我只能選擇離開。

哪有什麼辦法？山不轉路轉，路不轉人轉。我不太會試著改善那樣的狀況。光是讓自己在公司安身立命，就已經夠忙的了。

所以朋友問我離職的心情怎麼樣，我的回答是「沒什麼特別的」。決定離職確實需要很大的勇氣，不過那並不是衝動之下的選擇。而是我一再忍耐、安撫情緒、堅定決心，經過多方考量後，才最終做出的決定。

離職後的不安？對前同事的歉意？因為我的離開，造成公司必須承受的負擔？才沒有那種東西。我只想領到離職金，拿好經歷證明，把業務交接單寫得越詳細越好，免得再收到詢問相關工作內容的簡訊或電話。

既然心已經死了，我千萬不要再跟分手的戀人有任何瓜葛。我只想讓筋疲力盡的身體好好休息，我只想做個成功跳槽到好公司的美夢，我只想到我自己。

是啊，我曾經只想到自己，任性離職，到幾年前都還是那樣。不過情況出現了反轉。一個提過離職的人，現在變成了和離職員工面談的人。

「這份工作好像不太適合我的個性，我想嘗試新的工作。」聽到這樣的理由，我想問對方：「是不是工作太無聊？你有什麼不滿嗎？看不到未來嗎？」不過還是忍了下去。

過去我在寫辭呈的時候，總是在「離職事由」欄上寫「個人因素」。因為我不可能鉅細靡遺交代自己的想法，說：「我不想在沒有未來的公司工作，我要去更好的地方。我已經厭倦這少得可憐的薪水了。」我眼前的同事也和過去的我是一樣的心情嗎？越想越無法自拔。

我從沒想過代表解放與自由的離職，有一天竟會成為我的負擔。換了位置，我也換了腦袋，換了想法。

我不知道未來會過上什麼樣的生活。一直以來，我更多時候是處於「離職的心情」，所以「看待他人離職的心情」仍有待訓練。還能怎麼辦呢？不過有一點我非常確定，我相信和我長談之後，依然決定離職的同事，總有一天會理解我難堪的處境。因為**我們都在持續前進，各自所處的位置也不斷在改變**。

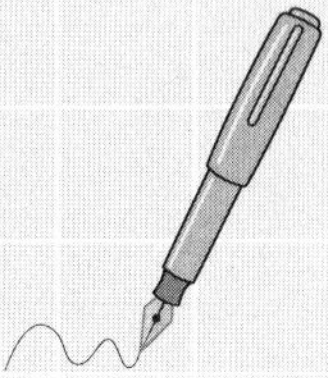

換了職位，我也換了腦袋，
換了想法。

28 明明只有三分實力，也要壯大成八分

截稿在即。雖然我不想再看目前所寫的文章，不過還是得繼續看，反覆修改，然而文章越是修改，我就越自責。這樣的文章可以寄給責任編輯嗎？就憑這樣的文章，可以成為一本書嗎？出版社會不會改變主意毀約啊？還是我先提毀約？各種奇怪的想法都想過。

終於來到約定的截稿日。我望著距離床邊不到一公尺距離的書桌，沉思半晌，還是起身就坐，勉強將眼睛聚焦在文字上，一邊讀出聲音，一邊儲存檔案，檔名從「最終確定」、「真的最終確定」，一直存到「真的真的最終確定1」、「真的真的最終確定2」，這才完成了書稿。

整個過程都是邊哭邊改。說來各位可能不信，上天賜給我神奇的能力，讓我邊流淚邊閱讀，還能一手挑出錯誤的地方加以修改。不過，要是這淚水是讚嘆的淚水，讚嘆自己「竟然能寫出這樣的文章」，那該有多好……。

其實，我還想改到「真的真的最終確定3」，但是再也看不下去了，要是再多看一次稿子，我可能真的會發瘋。我關掉Word檔，打開網頁視窗，開始寫信。

編輯您好，來信提交書稿。如果您對書稿不滿意，也可以毀約。就算沒有做出書來，我也沒關係。這個過程對我是非常有意義的經驗。

寫信的同時，我不禁心想：「欸，妳瘋了嗎？毀約也沒關係？編輯看妳的稿子前，會先看妳寫的信啊，如果寄這麼沒有信心的信，編輯肯定不會喜歡妳的稿子啊！」儘管如此，我還是繼續把信寫完。

我也想過先降低編輯的期待，等編輯看稿的時候，或許會有超乎期待的效果。無論如何，那時信中的內容都是我的真心話。我對於自己創造出的成果、對於我個人的能力，沒有任何的信心。那段時間過得非常痛苦，那是在過勞找上我的時候，一點一滴努力完成的作品。

寄出郵件後，一有空閒，我立刻檢查信箱。所謂空閒，其實是每五分鐘檢查一次，倒不如說是利用檢查信箱的短暫空閒吃飯、工作，這樣的形容還更準確一點。

而在一個星期後，我收到了回信。等待這封信的期間，焦急的心情難以言喻。

「如果真的毀約，該怎麼辦？」

「看來我真的沒能力也沒本事。」

「會不會在想怎麼拒絕，所以才這麼晚回覆？」

「我是不是讓某人失望了？」

我打開郵件。內容跟毀約無關，而是對書稿真心誠意的評論和額外面談的邀約。

我這才鬆了一口氣，把這一路以來發生的點點滴滴告訴朋友。專心聽了好一陣子的朋友，義正嚴詞的要我以後千萬別那樣，說懂得包裝自己也很重要，又說管他什麼謙虛、什麼故意降低對方的期待，那樣貶低自己一點幫助也沒有。

我怎麼會不知道呢？我可是到處宣揚自己的成就，經常自吹自擂的金景熹耶。朋友對我說的那番話，也是我經常對其他朋友耳提面命的話，但明知如此，我卻還是表現出那樣的行為。

面談過後，決定微幅修改原先的書稿，再多增加一些內容。感謝編輯信任妄自菲薄的我，我才能繼續完成書稿，順利出版著作。

實際能力只有三分，卻表現出有八分的樣子，也是一種能力，雖然某天可能會被揭穿……但我連自己擁有的三分能力，都想變成零分，確實不該。我應該相信自己，因為有人找我合作某件事時，代表對方可能看中了連我自己都不知道的能力，而且一起工作下來，我也可能創造出八分甚至是十分的能力。

所以為自己打分數的時候，不妨多加三分，越相信自己，越有所成長。

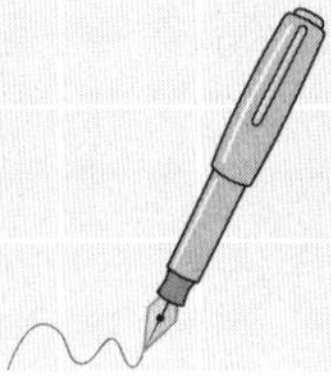

替自己的工作能力打分數時，
不妨多加三分，越相信自己，
越有所成長。

29 我的斜槓：網路社群，販售我的日常

Cyworld[10]時代落幕後，一度在網路世界迷失方向的我，轉移陣地到了臉書。有空就上臉書看其他人上傳的貼文和照片，是我平時的興趣。在臉書塗鴉牆上，每天都可以看見大我一歲的前輩隨時發的動態。

例如：「今天我爸……」、「我投完票了……」、「今天午餐吃的是……」。這時我總會想：「奇怪，為什麼要把自己的生活攤在別人面前？」當時在我身旁，聽到這句話的復學生前輩說：「就是搞個人公關啊。妳嘴上說為什麼要那樣，還不是覺得好奇，每天看那個人的動態。」

是啊。雖然無力購買屬於自己的房子，不過我們每個人在網路上都有屬

於自己的空間。無論是臉書、IG、推特，還是YouTube，社群媒體已經是無法抵擋的趨勢了。

我們從詢問他人「電話幾號」變成「帳號是什麼」，而這些社群空間不再只是個人身分認同的展現，也延伸到了商業的範疇。有的人靠經營知名臉書粉專賺錢，有的人利用IG販售商品，也有的人將自己的創作上傳，因而得到出書的邀約。

我在網路的世界，看見一群人正營造全新且獨特的自我。

在現今社會，只要說句「我不用社群媒體」，就會得到「咦，為什麼？」的疑問。我也因為其他人都在使用，開始接觸社群媒體，可是對於展現自己的生活，我依然感到彆扭。

我隱藏自己的名字、工作，只是把自己讀過的書籍照片和美言佳句截圖

10 譯註：一九九九年成立，曾是韓國最流行的線上虛擬社群交友網站，使用者達到三千五百萬人，二〇〇九年後隨著臉書等社群媒體的出現而式微。

上傳而已，然而我沒辦法再這麼維持下去了。二〇〇六年，在我獨立出版著作後，我不再只是寫書的作家，還必須是宣傳自己著作的行銷人。

我積極介紹與宣傳自己的新書，並且隨時上傳動態，用心經營自己的空間。如此努力透過社群媒體積極介紹自己和新書的同時，許多工作透過ＩＧ聯繫上我，從演講邀約到出版邀約都有。

正當我對這一切感到神奇的時候，某家出版社在面談中這麼對我說。

「金作家，請您再多用心經營社群媒體喔。」

在現今社會，作家不再只是寫寫字而已。如今，作家也必須懂得宣傳自己的作品才行。當時出版社期待的，不是追蹤人數區區幾百人的作家，而是追蹤人數有萬人左右的作家。

曾經有人說過，社群媒體的追蹤人數，是提出出版邀約的重要依據。因為追蹤人數也代表了粉絲的數量。即使不是所有人都會買書，也可以向他們打廣告。

於是，**社群媒體不再是我的私人空間，它變成了我另一個工作**。我必須不斷發動態、上傳貼文，每天展示我的日常生活，**因為我所能販售的，只有我的日常生活而已**。如此一來，追蹤人數和按讚數、留言也開始增加。

隨著追蹤人數的增加，更多工作透過社群媒體找上我，我也在許多人的關注和鼓勵下賺了不少錢，如果能因此過上幸福的生活的話，那該有多好……然而人生並不是那麼一帆風順的。

在社群媒體上的活動越活躍，追蹤人數也越多，隨之而來的機會也增加不少，然而對我表達負面情緒的人也開始出現了。像是，我上傳進公司後第三年舉辦的某活動貼文，有些網友還用「醬對嗎？哪有醬的啦？」這般親切的口吻留言，指出我的貼文錯字連篇。

不僅如此，也有網友跳過留言，直接私訊我，攻擊我說：「憑什麼喜歡我們家歐爸！」我在社群媒體上分享許多我的日常生活，包括自己做過什麼工作、喜歡哪位藝人、目前正在哪裡工作，結果遭遇了我根本沒必要承受的事情，還消耗我的情緒。

除此之外，我也經常拿社群媒體上，別人的生活和自己比較。例如那些明明和我同時出書，卻已經多次再刷，前途看好的人，以及跟我心目中猶如藝人等級的大作家一起共事的同儕作家。

豈止如此，看著那些人一一實現我夢寐以求的目標，總讓我意志消沉。「我明明也很努力，連我愛看的綜藝節目《Show Me The Money》和《我的超人爸爸》都沒看了，可是我怎麼才這樣？」越想越感到憂鬱。

最後，我決定退出社群媒體。當然，我並沒有大張旗鼓，上傳什麼「感謝這段時間對我ＩＧ的關注。我想短期內多留點時間給自己……」的貼文。只是默默的淡出，我停止更新每天的動態，也不再分享我的日常生活，不再窺探別人的生活。

於是，工作也隨之減少了，追蹤人數也是。在我停更的那段時間，有三千個人消失，不堪到原本至少一個月會有一次工作邀約，也一樣消失。經過幾個月與線下金景熹獨處的日子後，我再次亮出了線上金景熹。

因為我深刻體會到，維持生計和受人關注這兩件事，最終都與工作有關，如果我不多加表現自己，生活也會變得困難。當然，即使只仰賴書店工作的收入，生活上並不會有立即性的問題。

但是除了維持生計外，我也想遊刃有餘的消費，也想多增廣見聞。我想離開父母家，在我舒適的新家沙發上，不必煩惱該點炸雞還是辣炒年糕，可以兩種都點來吃，一邊等著在烘衣機裡逐漸變得暖烘烘的衣服，還能用手機毫不猶豫的下訂二十本書。我不希望自己只是單純活著的人。

我決定承擔那些負面話語的重量。即使偶爾會出現惡意的留言，或是讓我在意好幾天的無禮發言，我也會安慰自己，「有五千人的話，必然會有五千種想法」。因為我不可能永遠在眾人關愛的目光下工作。

我所比較的那個人，或許也會看著其他人默默比較吧。

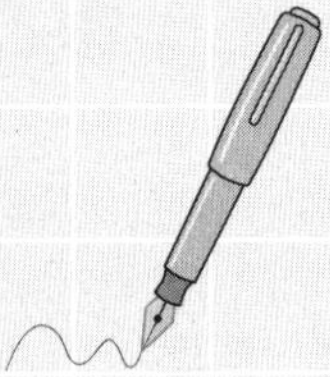

社群媒體
不再是我的個人空間，
因為身為作家的我，
能販售的只有我的日常。

30 我過去所做的工作，都無法保障我到退休

演講的時候，我盡可能安排時間讓更多的人發問。因為有時難免會有我遺漏的部分，而我也想為所有花費寶貴時間前來的聽眾解決疑惑。

再說，因為新冠疫情導致演講逐漸轉為線上模式，在無法面對面進行的演講中，我更希望彼此可以藉由互動提問，縮短物理上的距離，而不是我一個人唱獨角戲。

那天我也是同樣的心情。聽眾看著我，而我一邊看著即時留言，一邊進行線上演講。我預計四十分鐘演講，八分鐘回答事前提問，剩餘時間再接受現場提問。在我接連回答完所有問題後，聽眾丟出最後一個問題。

「要是您沒有在書店工作，也沒寫作，現在可能在做什麼工作？」

雖然我連明天幾點起床、這個月的截稿時間能不能遵守，這些近在眼前的事情都不知道，不過我還是得回答。

剛才負責人已經用眼神示意我差不多該結束了，我實在沒有充足的時間思考，於是我這麼回答：「無論做什麼，我想我都會做到最好。我可能進入領域完全不同的公司，做著全新的工作，也可能已經開了公司，自己一個人工作。」答案裡摻雜了些許真實和謊言，不是百分之百的真心誠意。

我曾經以為無論做什麼工作，只要懷有百分之百的真心誠意，就能做到最好。因為我相信，我隨時都能按照自己的想法改變生命的方向，也能順利解決生計問題。

但是隨著時間改變，我對書店和寫作的用情越深，生活也逐漸安定，這使我開始害怕挑戰新的事物。一想到我哪天得開始找新的工作，忙著寫履歷表和四處面試的情況，不禁一陣茫然。

每次對新生活懷抱夢想時，我常會哼一首歌，其中有句歌詞如下：

我厭倦有太陽的加州，我要去沒人認識我的波士頓。

有時會對現在的生活感到沉重、厭倦。每到這時，我總會決定離開，去任何地方都好，在那裡展開一段新的生活。但是我真的能離開嗎？一想到「我在那裡要靠什麼生活？」的問題，立刻打退堂鼓。

我一方面幻想新的生活，一方面卻又因為害怕而不敢離開，繼續過著原本的生活。雖然每年都在聽這首歌，不過我卻不曾說走就走，或是嘗試一段新的人生。重新開始並不容易。是因為我越來越膽小了嗎？還是因為如今的生活有著我難以割捨的甜蜜？

我曾經夢想在陌生的國度生活，一邊工作賺錢，但現在我連一個人旅行，都需要鼓起好幾次勇氣。我一方面想著：「在生存面前，還有什麼做不到的事嗎？」一方面又問自己：「我真的能展開新的挑戰嗎？」最後依然畏畏縮縮。

看著四十歲開始學習，投入全新職業的人；又或是五十歲離職，在圖書館準備證照考試，準備迎接第二人生的人，那總令我覺得離我好遠。儘管我從未做過保障到退休的工作。

不過現在，我試著把自己代入他們的人生裡，預想我應該先準備什麼樣的學習？我未來還要擁有幾種職業？我雖然敬重那些在同一個領域持續奉獻的人，**不過現在的我，更喜歡願意挑戰新人生，創造新的生命軌道的人。**

因為我現在的工作，恐怕無法保障我到退休，也無法為我老年的生活畫上完美的句點。

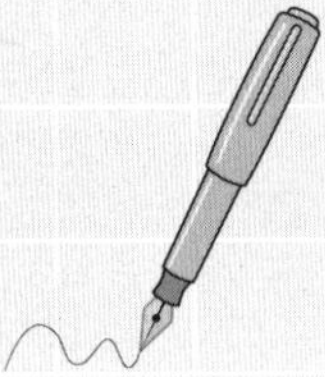

我現在的工作，
無法保障我到退休。

31

儘管錢賺得不多，但我還是愛寫作

我至今寫了四本書，而最近出版的書，連一刷都沒有賣完，也就是說，我靠寫作賺的錢並不多。不過，我不會想「我為什麼只能寫到這樣」、「為什麼我不是暢銷書作家」。

我不怎麼當一回事，反正這種情況也是有可能的。因為我知道，靠寫作致富的人並不多。但是，有時我又會非常好強，故意在朋友面前說：「唉唷，那工作又賺不了錢，該離職了吧？」

在《伊索寓言》（*Aesop's Fables*）中，有則故事是狐狸想吃高掛於樹上的美味葡萄，但是發現自己搆不著，吃不到葡萄，於是丟下一句「那一定是酸葡萄」。

我和這隻狐狸沒有什麼兩樣。雖然喜歡寫作，但是光靠寫作難以維持生計，只好仰賴穩定的薪資所得，在工作之餘寫作。但是誰會知道，我的一天、一個月、一年，全被工作塞滿。現在也是抓緊上班前的時間，寫下這篇文章。

經過再三考慮，我決定放棄寫作。我想，用寫作的時間來做能賺更多錢的工作，會是更有效率的，要不乾脆休息到底，享受目前的生活，也是一種辦法。

放棄寫作，就能避免脖子、腰和椎間盤突出加快惡化，光這點就夠划算了吧？不僅如此，還能避免截稿前，因為壓力造成的暴飲暴食呢。不繼續寫作的話，我就能大幅降低醫療費和伙食費了。

在多方考量之下，果斷放棄寫作才是對的。不過，總覺得有些奇怪，每次一想到截稿，就有種安心感。雖說安心感只占二％，壓力占九八％。儘管如此，一想到我所寫的文章化為白紙黑字，即使錢賺得不多，無法成名，我依然會因為「我是有能力寫作的人」而感到安心。

寫作究竟是什麼？雖然我解釋了許多，還是無法理解。書寫紙張上的文字，和隨手在ＩＧ或部落格上記錄日常生活，兩者相去甚遠。前者更多的是責任感，而非快樂。

這是多麼矛盾的現象呀？承受著九八％的壓力和壓迫，只為二％的安心感而寫作的生活，真令人不知所措。「我怎麼會過上這樣的生活呢？」仔細一想，腦海中便浮現了那時的回憶。

那是「紀念科學之月作文比賽銀獎」，既不是大獎，也不是金獎，而是相當於第三名的銀獎。而且我獲得這個獎項，也不是因為有多了不起的寫作才能，只是導師說繪畫和作文比賽要擇一參加，我才選了作文比賽。

當時還是放學時間，我心裡想著別的事情，錯聽成所有人都必須從寫作和繪畫比賽中擇一參加，等我獲獎後，才知道多數學生都沒有參加。每個班必須繳交三篇作品，而我寫的文章根本不必經過班級內的競爭，直接上繳，我想其他班級的情況應該也差不多。

對於過去沒有任何存在感的小景熹而言，那次獎項是第一次獲得的社會肯定。要是那時候是繪畫作品得獎，現在的我會是畫家嗎？雖然不得而知，不過寫作帶給我的安定感，或許是從那時開始的吧。

寫作的安定感儘管難以說明，不過那不是單純的認同需求。這份安定感反倒像是一早放在餐桌上冷掉的炸雞。當我揉著睡眼惺忪的眼睛，從房間走向餐桌，吃著昨晚消夜吃剩的炸雞時，心中總有祥和平靜的感覺。

這不是隨便就能感受得到的。那必須是點炸雞那晚，家人留下適量的炸雞；必須是某人已經吃過晚餐，說「我不吃」，或者某人說「我只吃一口」的情況。重點是晚餐時間之後點的炸雞。

而在翌日清早，家裡最早起床的人必須是我，我必須比任何人都早一點起床，先吃先贏。想到三十三年來和家人住在同一個屋簷下，我有好幾次睡前想著「明天早上一定要吃炸雞」，結果隔天餐桌上只剩炸雞桶和骨頭，所以要吃到炸雞並不容易。

那是先考量各種變數，點購數量合宜的炸雞，最後帶著喜悅的心情，望著一早剩下的炸雞的一種安定感吧？儘管還剩下兩塊炸雞。

我所寫的文章化為白紙黑字，也是同樣的道理吧。雖然我不是多麼著名或暢銷的作家，不過我不是一個人在紙上或記事本上寫字，而是寫任何人都可能閱讀到的文字。

有最先讀到這些文字的責任編輯，也有在這些文字出版為書籍時，翻開這本書閱讀的讀者。雖然我不知道會有多少人閱讀，又是誰來閱讀。

將想法化為文字後，現在該停止這種虛張聲勢，為賦新詞強說愁的行為了。寫作其實是帶給我安定感的行為，未來我所要做的事，是為了繼續感受這股安定感而繼續寫作。

我也不該安於單純寫作，而是要好好認清我的讀者是誰、什麼樣的文章是我可以寫得開心的，以及我想透過文字傳達的訊息是什麼。

即使是寫這篇文章的現在，我雖然承受著截稿的壓力與出版後對作品的責任感，依然繼續完成這項任務，我想那就是我想做這件事的證明吧。儘管不一定是高興的心情。

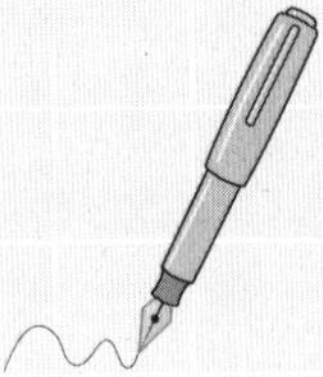

即使錢賺得不多，
無法成名，
我仍會因「我是有能力的人」
而感到安心。

結語
喜歡的事，該做的事，我都全力以赴

想到我的全盛期竟然在不知不覺間結束，我差點昏倒，可是這件事真真實實發生在我身上。

「金景熹也曾經風光一時啊。」

一如往常和朋友各自滑著ＩＧ時，朋友忽然說出這句話。原來是看到某人著作暢銷，又積極參加對外活動，不自覺吐出的一句話。

那一刻，我不知道該為「朋友認同我曾經風光一時」感到高興，還是要對「風光一時」這個形容感到難過，於是我大喊：「喂！我的全盛期都還沒來耶！」

話說回來，想到朋友所說的風光一時，不禁讓我陷入沉思，「啊，原來我也有過那段歲月啊？」雖說風光一時，不過還不到上電視那樣有名，也沒有坐擁金銀財寶。

朋友口中風光一時的標準，似乎是指我過去IG追蹤人數不斷增加，貼文按讚數平均都有三千個以上的時候。每次打開IG小盒子，總能看見邀稿、演講邀約等的訊息。

如果和那時比較，現在追蹤人數少了六千人，昨天上傳的貼文按讚數只有兩百個。最近打開私訊，只有IG好友發給我的「改善胃食道逆流的食物」，和說我推薦的連續劇很好看，現在正在重看第三遍的訊息。

寫到這裡，還真覺得那時真是「風光一時」。

看著逐漸減少的追蹤人數和按讚數，我長嘆了一口氣。雖然也擔心自己是否太沉迷於網路世界，然而在我工作的領域，追蹤的人數、貼文的反應度，都可以被視為一種能力，這讓我忐忑不安的心難以釋懷。

好，那麼要找回過去光榮的時刻，不，是如果要超越那樣光榮的時刻，我該怎麼努力才好？像過去那樣每天積極發布貼文？可是現在的我已經不是那時的我，那時的文字和現在的文字也完全不同了。

想到那件事非做不可，我就已經開始乏力了。而且還是每天耶？唉唷！我不要，我不要！啊，是我這個人過得太悠哉了嗎？還是缺乏迫切感？

年紀越大，甘願去做的事情越來越少。每次總想著「怎麼可以只做想做的事情？不喜歡的事情也要做啊」，但是眼前的生活已經被該做的工作塞滿，執行起來並不容易。

我也想感受一下全盛期啊！唉，這是什麼僥倖的心態，既不想放棄美食，又想順利減肥？我告訴自己，雖然過去和現在的身體狀況不同，努力的程度也會有所差別，但是至少別忘了全力以赴，並且開始以這樣的態度面對工作。

某天，有了一個在聖水洞開設一個月快閃店的機會。我住在仁川，如果快閃店開在聖水洞，每天要換乘兩次地鐵上班，就得花費兩個小時。再說現在不是疫情期間嗎？好端端的何必把事情搞大？不累嗎？我可以做得好嗎？

雖然千頭萬緒，我還是告訴自己：「好，就試試看吧。」

在有限的時間、有限的資金、有限的人力下，我們開始把原本空曠的空間布置起來，準備迎接顧客上門。終於到了快閃店開幕當天，我帶著激動的心情，在十二點整打開大門，「鏘鏘！」然而門外一個人也沒有。

咦，竟然一個人都沒有？這是兵家必爭的聖水洞耶？又不是期待大排長龍，怎麼連一個人都沒有……這偌大店內，只有把這三十坪空間布置起來的四位同事。

「唉，完蛋了。」

我們幾個人大眼瞪小眼，過了一會兒，我覺得不能再坐以待斃了，趕緊到附近的咖啡館。十二點零七分，我一邊喝著冰美式，一邊開始思考：「這情況還要維持一個月嗎？早知道待在富川就好了，真是沒事找事做……。」

就在這時，傳來同事的訊息。

說是人手不足，要我看到訊息立刻回去。我趕緊回到快閃店，門前已經擠滿了人潮，後來直到下班為止，我完全沒有時間上廁所，也沒有時間休息，一直忙著結帳。

意料之外的事情還在持續。隔天來了更多的顧客，還以為平日沒什麼顧客，想不到銷售額比週末還多。經過一週、兩週的時間，我開始聽到人們說起：「最近五里書坊竄紅、竄風光的耶。」這時，我總是謙虛的回答：「哪有，要是那樣就好了。」不過意氣風發的肩膀可是藏也藏不住。

此時，腦海裡浮現另一個想法。無論是我開始在五里書坊工作的四年前、去年，還是上個月，我都竭盡全力經營，為什麼之前沒有聽到「風光」的形容呢？

「老闆，你不覺得神奇嗎？我們總是努力做到最好，可是現在別人看到我們，才說我們很風光。去年也一樣努力，為何當時沒聽到這樣的話呢？」

「也是，可能是換了地點吧？」

「地點當然也有影響，可是我真的不懂，我們明明一直付出同樣的努力，也做著同樣的工作的說……聽說今年屬雞的運氣比較好，大概是老闆屬雞的關係吧？」

或許真的是屬雞帶來的好運，也或許是跟聖水洞的磁場比較合吧。不過，就算到目前為止，沒有受到太多關注，我們依然持續嘗試和努力，這個成果，現在不就碰上了好運嗎？

開設快閃店當時，雖然處於疫情期間，不過全韓國每日確診人數在五十到六十人之間，所以入場人數和外出沒有受到太大限制（在寫這段文字的現在，首都圈社交距離已經提升到二・五級，咖啡館只能外帶，全國每日確診人數在一千人上下）。

再說聖水洞本就有許多知名的商店，也算托了地點的福。前往其他商店的顧客，也順道來逛快閃店，因此多吸引了一些新顧客。結束一個月的快閃店，回到原本工作的富川時，疫情擴散速度加劇，每間商店都有人數限制。雖然只有一個月，不過這段時間能夠好好經營快閃店，也經常聽到「五里書店相當風光」的稱讚，我認為那是努力與運氣的結合。那是一直以來全力以赴的所有時間，在對的時間碰上好運，最終開花結果。

期待再次迎接全盛期的我，該做的事情已經很明確了。那就是雖然無法預測會得到什麼樣的成果，還是要每天持續寫作；不要因為不願意而逃避嘗試，必須每天寫作、更新，持續鍛鍊寫作的肌肉；以及透過文字向世人宣傳我金景熹。

當然，就算那麼做，也不能保證全盛期一定會到來。我認為忽然賺大錢、忽然紅起來、忽然書大賣，屬於運氣的範疇，哪有單憑個人的努力，就能創造出成功或全盛期？

但是，當人們說「他運氣很好」的時候，話中的主角「他」，如果只是整天躺著不動，想必連抓住好運的機會都不會有。

為了盡情享受（不知道什麼時候會出現的）全盛期的喜悅，我得多創造一些接收好運的機會。我要持續嘗試，並且淨空眼前的道路，讓好運源源不絕的來，丟掉僥倖的心態，花點時間等待好運吧。

對於該做的工作，對於想求好表現的工作，我都要全力以赴。

國家圖書館出版品預行編目（CIP）資料

如果問我爲什麼要工作：「喜歡的工作」和「喜歡工作」怎麼達成共識，年薪4年翻2倍。/ 金景熹著；林侑毅譯. -- 初版. -- 臺北市：大是文化有限公司, 2022.06
240面；14.8×21公分. --（Think；233）
譯自：89년생 N 잡러 김경희의 비낭만적 밥벌이
ISBN 978-626-7123-25-6（平裝）

1. 心理勵志　2. 人生規畫

862.6　　111003580

Think 233

如果問我為什麼要工作

「喜歡的工作」和「喜歡工作」怎麼達成共識，年薪 4 年翻 2 倍。

作　　者／金景熹
譯　　者／林侑毅
責任編輯／江育瑄
校對編輯／宋方儀
美術編輯／林彥君
副 主 編／馬祥芬
副總編輯／顏惠君
總 編 輯／吳依瑋
發 行 人／徐仲秋
會計助理／李秀娟
會　　計／許鳳雪
版權經理／郝麗珍
行銷企劃／徐千晴
業務助理／李秀蕙
業務專員／馬絮盈、留婉茹
業務經理／林裕安
總 經 理／陳絜吾

出 版 者／大是文化有限公司
臺北市 100 衡陽路7號8樓
編輯部電話：（02）23757911
購書相關諮詢請洽：（02）23757911 分機122
24小時讀者服務傳真：（02）23756999
讀者服務E-mail：haom@ms28.hinet.net
郵政劃撥帳號：19983366　戶名：大是文化有限公司

法律顧問／永然聯合法律事務所
香港發行／豐達出版發行有限公司 Rich Publishing & Distribution Ltd
香港柴灣永泰道 70 號柴灣工業城第 2 期 1805 室
Unit 1805, Ph. 2, Chai Wan Ind City, 70 Wing Tai Rd, Chai Wan, Hong Kong
電話：（852）2172-6513　傳真：（852）2172-4355
E-mail：cary@subseasy.com.hk

封面設計／孫永芳　內頁排版／思思
印　　刷／緯峰印刷股份有限公司

出版日期／2022年6月 初版
I S B N／978-626-7123-25-6（缺頁或裝訂錯誤的書，請寄回更換）
電子書ISBN／9786267123416（PDF）
9786267123423（EPUB）

Printed in Taiwan
定價／新臺幣 360 元